空中的蓝鲸鱼

庞瑞贞 / 著

中国铁道出版社有限公司
CHINA RAILWAY PUBLISHING HOUSE CO., LTD.

图书在版编目（CIP）数据

空中的蓝鲸鱼 / 庞瑞贞著 . —北京：中国铁道出版社
有限公司 , 2025.3
ISBN 978-7-113-28904-1

Ⅰ . ①空… Ⅱ . ①庞… Ⅲ . ①短篇小说 - 小说集 -
中国 - 当代 Ⅳ . ① I247.7

中国版本图书馆 CIP 数据核字（2022）第 031622 号

书　　名：**空中的蓝鲸鱼**

作　　者：庞瑞贞

责任编辑：孟智纯　　　　**编辑部电话：**(010)51873697
封面设计：闰江文化
责任校对：焦桂荣
责任印制：赵星辰

出版发行：中国铁道出版社有限公司（100054，北京市西城区右安门西街 8 号）
印　　刷：北京盛通印刷股份有限公司
版　　次：2025 年 3 月第 1 版　2025 年 3 月第 1 次印刷
开　　本：880 mm×1 230 mm 1/32　**印张：**5.625　**字数：**160 千
书　　号：ISBN 978-7-113-28904-1
定　　价：36.00 元

目录

空中的蓝鲸鱼

　　老逄从来不知道失眠是个什么滋味儿。昨天晚上他尝到了，翻来覆去像炸油条，硬是折腾出了一身汤汤水水的臭汗。他抻着被子用脚挑着扇了几次风，通身凉爽了许多，皮肤却一下子紧巴起来，身子似乎忽然缩小了一圈，鼻洞内似有无数个小虫在爬动，酥酥痒痒的，弄得老逄像爆米花般迸发了几个山摇地动的喷嚏，震得窗玻璃簌簌作响。老婆翻了个身嘟囔："这是要地震啊，动物有些反常。"老逄知道老婆的意思，但他没理这个茬儿，由平躺改作侧卧，继续想。

昨天早饭后，老逄的小孙子乐乐嚷嚷着要到金查理小镇玩。金查理小镇是一家开发商最近建成的游乐园，前些日子儿子和儿媳带着乐乐去过，回来后乐乐眉飞色舞地讲了好多天，看来玩得很高兴。老逄还从来没有带着乐乐去过，认为这点要求也不过分，就一口应承了。乐乐高兴得搂过老逄的脑袋，在他那如同海水退潮后的海滩般的额头上盖了一个温热柔软的唇印。老逄闻到了小孙子乐乐嘴里哈出的气息，颇有些春天青草芽儿的味道。他心里像喝了一口蜜，还是那种刚刚酿出的槐花蜜，有一种老家的感觉。

平日里，像这样的活动，老伴儿是要一起去的。因为有别的应酬，她只好给乐乐穿戴打扮了一番，又对老逄左叮咛右嘱咐地唠叨了好一阵子，才让他们祖孙俩下楼。老逄让乐乐坐上他那辆黑色帕萨特，系好安全带，发动着车，按惯例问："坐好了吗？"乐乐说："坐好了，开车！"老逄便开着车，缓缓地往金查理小镇走。

乐乐趴在车窗上，向外望了一会儿，稚声稚气地问："爷爷，为什么路边的树都往后面跑呀？"

老逄说："路边的树并没有动啊，那是因为我们的车子在跑，才显得树在跑。"

乐乐说："爷爷说得不对，爷爷说得不对。是因为路边的树怕我们，故意地躲开我们。要不它们怎么会向后跑呢？你看，太阳公公就不怕我们，它喜欢我们。我们跑到哪里，它就跟到哪里。"

老逢想，这就是孩子的思维，孩子的思维总是天真透明的。老逢忽然想考考乐乐，便问："乐乐，爷爷考你个问题好不好？"

乐乐说："好啊。"

老逢说："乐乐，你知道天上为什么会下雨吗？"

乐乐静静地想了一会儿说："爷爷，我答对了有奖励吗？"

老逢说："有啊，你想要个什么呢？"

乐乐说："答对了，爷爷就给我买个蓝鲸鱼气球吧！老师说蓝鲸鱼是地球上生存过的体积最大的动物，一头成年蓝鲸鱼能长到非洲大象的三十倍左右。它的心脏有爷爷的轿车这么大，它的血管大到我可以在里面来回爬行。它的食量非常大，一天能吃掉一卡车鱼虾。它的力量大得惊人，可以抵得上三四辆大卡车，是动物世界的巨无霸和大力士。爷爷，我好喜欢蓝鲸鱼啊！"

老逢没想到一个上幼儿园的孩子会知道这么多事情，心里感叹现在的孩子知道的真多。便说："乐乐，你还没有回答爷爷的问题呢。"

乐乐显出信心十足的样子说："天上下雨是因为云彩累了啊，云彩累了就会流汗，雨当然就是云彩的汗水了！"

老逢陶醉于自己的孙子有着这样的想象力，高兴地问："乐乐，这是谁告诉你的？"

乐乐说："是我自己想的。"

老逢说："乐乐好棒啊！恭喜你答对了。爷爷给你买个蓝鲸鱼气球。"

乐乐高兴地喊道："耶——我可以有一条蓝鲸鱼喽！爷爷，我好喜欢你啊，你是我最好最好的好朋友。"

老逢问："乐乐，除了爷爷谁还是你的好朋友？"

乐乐说："还有爸爸、妈妈、奶奶。"

老逢又问："除了他们，你还有没有好朋友啊？"

乐乐说："还有奶奶不喜欢的那两个人。"

老逢心里咯噔了那么一下，涩涩地说："你姥爷和姥姥？"

乐乐说："对了。"

老逢想，怎么就给孩子留下一个这样的印象呢？其实两家子也没有多少矛盾，平日里也就是一些鸡毛蒜皮的不开心的事。

乐乐刚生下来的时候，亲家和亲家母过来看闺女和孩子，正赶上乐乐哭闹，奶奶就抱起来轻轻地摇，一边摇着一边说着："宝贝儿不哭，宝贝儿不哭。"亲家母看了，就把乐乐从奶奶的怀里抱过来说："小孩子不能这样晃，这样晃会晃坏了脑子的。"乐乐奶奶的脸红了一阵，还是镇静了下来，有些尴尬地说："乐乐爸爸小的时候都是这样哄过来的，脑子好像也没有坏啊，学习成绩都是班里的前三名。"亲家母倒没有生气，一边抱着乐乐，一边开玩笑说："那是乐乐爸爸皮实。"儿媳听了说："妈，你不要大惊小怪的，孩子哪有那么娇气？我小的时候，头朝下从床上掉下来，也没有摔坏脑子。"一屋的人听了儿媳的话都笑起来，算是给乐乐奶奶下了台阶。乐乐奶奶待亲家母走后，背后里就和老逄发了一通牢骚。

出了满月后，乐乐奶奶让乐乐仰卧，说是省得长出一个大后瓢，难看死了。有一天，乐乐姥姥过来看了就说："现在谁家的孩子还枕后瓢，那样妨碍孩子的大脑发育。还有啊，现在人家大城市的人都喜欢西方人的脸型，东方平面脸型已经过时了。"说着就把乐乐调整成侧卧。好歹儿媳又当了和事佬："说什么东方西方的，乐乐想怎样躺就怎样躺，宝贝儿长得漂亮，长个什么脸型都好看。"乐乐姥姥走后，乐乐奶奶就又冲老逄说："西方人的脸型好看，那她怎么不找个外国人当女婿？"老逄也没有随着老婆说，反问了一句："她闺女跟了外国人，还会有乐乐吗？"老伴儿为老逄没有随着她说话，就给了老逄好多天的脸子看。

乐乐刚会蹒跚走路的时候，得了一次感冒，体温也不是很高，症状就是不停地咳嗽，晚上咳得尤其厉害。乐乐妈妈、爸爸带着他看了好多次医生，也吃了消炎止咳的药，但就是不见好。乐乐奶奶打听到一家小儿推拿按摩的地方，说是效果很好。她天天带着乐乐去推拿，当然药也没有停下。有天下午，乐乐姥姥打电话给乐乐奶奶，说都咳嗽这么长时间了，还不到大医院去看看，可别给孩子耽搁了。乐乐的爸爸妈妈年轻不懂事，做爷爷奶奶的应该给提醒提醒。不用问，这事又把乐乐奶奶搞得很不痛快。后来也没有去大医院，找了个老中医看了看，说不是感冒，是积食导致的咳嗽。买了个白萝卜，抓了几两陈皮，煮了水，放上几块冰糖，给乐乐喝了几次，竟然奇迹般地好了。乐乐奶奶为此嘟囔道："这怎么活了大半辈子还不会带孩子了。"

　　后来，因为乐乐过生日、过年给压岁钱等事上，也产生了一些疙疙瘩瘩，但都是做法或者意见不统一，从来也没有弄到红脸白脸、乌烟瘴气的程度。等乐乐大了，懂事了，乐乐奶奶没事的时候好问乐乐："你喜欢奶奶还是喜欢姥姥？"乐乐忽闪着大眼睛从来没有正儿八经地回答过，不是说喜欢鲸鱼就是说喜欢恐龙，有时也说喜欢奥特曼。弄得奶奶也是无可奈何，骂乐乐是个小人精儿。老逄在场的时候，对乐乐的回答都是相当欣赏。他还提醒老伴，现在的孩子机灵得很，以后不利于两家团结友好的话，不要对孩子说。老伴却满不在乎地说，不就是一个小屁孩儿，不懂事。今天，乐乐如果把奶奶不喜欢的那两个人说给儿媳听，人家儿媳又会怎么想呢？老逢想，回去应该和老伴好好谈谈。童言无忌，大人说话还是应该注意一些，对两家都好。

老逢正想着，乐乐在后面激动地喊："爷爷！爷爷！到了，金查理到了。"老逢往右侧一看，金查理就在眼前。

金查理小镇坐落在常山大道西侧，沿路是三个开放式停车场。紧邻停车场的是一条雕梁画栋古香古色的商业街，街道两侧是一些古玩、字画、饭店的营业门头。商业街的西边是个很大的广场，周围是卖玩具、小吃、水果和捏泥人、陶器现场制作等杂七杂八的摊子，中间是各种游乐设施。广场内人流熙攘，人声鼎沸，歌声震天，游乐设施令人眼花缭乱。

老逢领着乐乐先到售票处购买了三百块钱的充值卡，然后按照乐乐的选择先后坐了豪华旋转木马、飞翔风筝、水上飞艇、星际穿越、过山车、摩天轮，又跳了蹦蹦床。蹦蹦床的边上，是熊大、熊二、白雪公主和七个小矮人的彩色雕塑。乐乐或搂或抱地让老逢给他们合影。就在乐乐和白雪公主合影的时候，从对面走过来一个化了浓妆的胖姑娘。她的两片嘴唇厚实饱满，涂抹了桃红的唇膏，一眼望去鲜艳欲滴；左手脖子上拴了好多五颜六色的卡通人物的气球，右手拿着一个安装了粉红色硅胶保护套的苹果手机。她满脸堆笑地向老逢和乐乐走来，讨好地说："小朋友，领个奖品吧？"乐乐一眼就看见了那个飘在一侧的蓝鲸鱼气球，他眼里放着兴奋的光芒，一只手摇着老逢的手，另一只手指着蓝鲸鱼气球蹦跳着说："爷爷，爷爷，蓝鲸鱼，我要蓝鲸鱼。"没等老逢同意，红嘴姑娘麻利地从手脖子上解下那只蓝鲸鱼气球说："小朋友真乖，给你蓝鲸鱼。"乐乐接了蓝鲸鱼气球，激动得小脸绯红，对红嘴姑娘说："谢谢阿姨！"红嘴姑娘对老逢说："大叔，小朋友领了我们的奖品，你得关注一下我们的公众号。"老逢想，路上已经和乐乐说好了要给买一只蓝鲸鱼气球，现在正好碰到人家搞活动，这真是想吃海货来了虾皮，关注一下公众号是应该的。于是掏出手机，凑到红嘴姑娘跟前说："我扫你。"红嘴姑娘把早已准备好了的二维码给老逢扫了扫。老逢点了关注。红嘴姑娘又说："大叔，光你关注了还不行，你还得给推送一些，你老还是把手机给我吧，我操作得快。"老逢遂把手机给了红嘴姑娘。给了，老逢就有些后悔，生怕红嘴姑娘在手机上做什么手脚，只好眼巴巴地紧盯着。红嘴姑娘打开微信快速地点着，老逢忽然想起来前些日子，收到一个老同学的一条微信，推送了两个二维码，后面附言：亲，麻烦帮我关注一下这两个公众号二维码，我在超市免费领个礼品，谢谢了。后面是三个抱拳的表情。因为老逄的这个同学和老逄微信聊天从来没有用过"亲"这样的称呼，觉得意外，就没有关注，先打电话问了一下。老同学住在青岛的儿子家，说他在青岛五四广场一个摊子上领了一份小礼品，手机是他们给操作的。同学在那边很警觉，急忙说千万不要关注哈，万一里面有病毒什么的。老逄就把老同学的那个信息给删了，心里还担心了老长时间。老逄觉得今天碰到的似乎和老同学那个信息是一回事。他觉得事情不妙，忙向红嘴姑娘要手机。红嘴姑娘说："大叔，你的手机上有五百四十六个好友，老板规定应当推送二百个人才行。"老逄感到掉进了红嘴姑娘的陷阱，里面肯定埋伏着巨大的阴谋，心里忐忑不安地盯着红嘴姑娘飞快地点击推送，心里像猫抓一样难受。

终于等到红嘴姑娘点够了二百个好友，老逄急切地接过手机，往身后一看却不见了乐乐。他的心猛地一颤，突然产生一种不祥的预感。他慌忙向四周搜寻，目光所及是熙熙攘攘的人流和欢呼跳跃的孩子，唯独不见乐乐的影子。老逄脑袋里万念俱灰，一片空白，心咚咚地就要从胸腔里撞出来，刺骨的寒意从脚底涌上来，一直凉到了头顶。他腿肚打战，身子筛糠，颤着声喊了几声乐乐。有人用好奇的目光看了看老逄，随即又继续漠然地忙自己的事情。沸腾的金查理小镇如一只嗡嗡嘤嘤喧闹的蜂窝，却没有乐乐亲切而又稚嫩的回声。老逢便急急地搜寻着两侧往北走，他多么希望乐乐在某一个好玩的地方，或者是在一个飘着香气的小吃摊前，向自己摇着小手，用熟悉清脆的声音喊着："爷爷，爷爷，我在这里呢！"老逢的目光似乎像一架探照灯，搜寻了好多个地方。每一个地方，都让老逢彻底失望。老逢想，乐乐是被坏人拐走了？还是自己走丢了？老逢在心里反复地责备着自己，怎么就贪图那点蝇头小利领了红嘴姑娘的那么个所谓的奖品呢？怎么好扔下乐乐就那么专注地盯着红嘴姑娘的手指不放呢？难道手机里的一切比乐乐还重要么？自己怎么就不牵着乐乐的手再盯着红嘴姑娘的手呢？现在后悔也来不及了。他把乐乐丢了，怎么回去和儿子、儿媳、老伴以及乐乐的姥爷姥姥交代？如果乐乐找不到了，老逢决定自己也不活了，找个僻静的地方，找棵大树一扣子吊死算了。老逢甚至想，吊死自己太便宜了，那样不能够解除对自己的愤恨，应当剖腹，把自己的肠子一寸一寸从肚子里拽出来，让自己受到足够的痛苦和折磨，然后流尽最后一滴血慢慢地死去。

就在老逢绝望的时候，他忽然听到一个熟悉的声音哭着喊爷爷，老逢寻声望去，看到在左侧一个离自己几十米远的瓷器摊子前围着一圈人，人群上面的半空中飘着一个蓝鲸鱼气球。声音就是从那里传来的。老逢心里一阵狂喜，快步跑过去。从人缝中看到，乐乐的蓝鲸鱼气球拴在一个折叠椅的靠背上，一个黑黑的四十岁左右的矮个男人用他粗大的双手，攥着乐乐的一双小手，操着一口南方口音的普通话说："我不知道这是谁家的孩子呀，我怎么可能让他走呢，他走了，砸碎的花瓶谁给我赔呢？"有人说："就是一个孩子嘛，又不懂事，身上又没有钱，这么长时间了，也没有人来找，就放了他吧。"南方男人说："没人找就更不可能放他啊，我的花瓶总是要有人赔啊！"老逄听到这里，急忙扒拉开人群，挤到乐乐面前。乐乐一把搂住老逄的大腿，哭喊着："爷爷，爷爷，救救我！花瓶不是我砸的。花瓶不是我砸的。"南方男人说："哎呀，这么小的小孩子，怎么就会说假话呢？我是亲眼看到他牵着这个蓝鲸鱼气球跑过来踢碎我的花瓶的。"老逄蹲下给乐乐擦了擦眼泪，安慰道："没事了没事了，乐乐不怕，有爷爷呢！"南方男人说："你看你这个人，你是怎么当的爷爷？怎么会让一个小孩子到处乱跑呢？你的小孙子砸了我的花瓶你可要赔偿啊。"老逄不知道从哪里来的一股怒气，噌地站起来鄙睨地看着南方男人说："你的花瓶能值多少钱啊？你给吓坏了孩子怎么办？"南方男人说："你没有管好孩子，跑到我这里给踢碎了花瓶，怎么反而找起我的错了？再者啊，这么一个小孩子，我如果不把他留住，放了他再到处乱跑，跑丢了你会更后悔的。"南方男人这么一说，老逢也觉得找到乐乐这也是万幸了，实在没有必要和这个南方男人在这里磨叽。就说："你的花瓶多少钱啊？我赔你。"南方男人说："一千二百八十八元。"老逢听了心头一紧："你是不是在讹人啊？"南方男人弯腰从地上拾起一个塑料牌牌伸到老逢面前："老爷子，你看看，这可是当时的标价。这个价格我卖出了十多个呢。"老逢说："就算是你的标价，你也不可能就一口价吧？总得有个讨价还价的余地吧？"看热闹的人中有人附和说："就是，就是。"南方男人看了看围观的人们，又看了看黑着脸的老逢，似乎下了狠心似的说："好吧，好吧，我是一千一百八十元从厂家拿的货。看在孩子不懂事的份上，运费我也不加了。你就给我个拿货价好了。"老逢气得颤抖着手，在南方男人的二维码上扫了扫，转给了他一千一百八十元，然后牵着乐乐的手离开了南方男人的摊子。

离开摊子不远，走到一个小吃摊前，乐乐说："爷爷，我想吃烤火腿肠。"平日里，老逢是不允许乐乐吃这些带有添加剂的食品的。今天因为情况特殊，就对乐乐说："好啊，给你烤一根。"乐乐说："爷爷，我的肚子唱歌了，就给我烤三根吧。"老逢说："给你烤三根可以，不过你回去不许告诉爸爸、妈妈、奶奶、姥爷、姥姥，也不准告诉其他任何人。今天发生的事情，是你和爷爷之间的秘密。我们要保守这个秘密，好吗？"

乐乐伸出小拇指说："爷爷，拉钩。"老逄钩住乐乐柔软的小指，一股惭愧的暖流缓缓流入心里，又从眼睛里溢出。

　　回家后，乐乐对奶奶说了玩过的所有项目，见过的所有有趣的东西，唯独没有把和爷爷走散，踢碎了人家的花瓶这档子事说出来。不过老逄的心里却是一直纠结、郁闷，他觉得那个红嘴姑娘就是一个灾星，整个的倒霉事都是从领了她的礼物开始的。他想明天再去金查理小镇找找她，告诉她，因为她的原因，他和小孙子走散了，还被那个南方男人讹了一千多块钱。这样做尽管不管什么用，出出心中这口恶气也好。还有那个又黑又矮的南方男人，越想他就越像一个奸诈之人。老逄在一本什么刊物上读到，有人专门在路边摆瓷器摊子，在某个瓷器的底下做好机关，专等有人过来拉动机关，摔碎瓷器，讹其赔偿。老逄越想越觉得那个南方男人就是演的那么一出戏。老逄决定明天再去金查理小镇，找出这个卑劣的南方男人用来讹人的伎俩。如果真的是那么回事，他会毫不犹豫地向公安机关报案。

　　老逄迷迷糊糊睡着的时候，应该是很晚了，不过他把入睡前想过的那些事情一直带进了梦中。

　　第二天，当老逄从梦中醒来的时候，太阳已在阳台的不锈钢防盗窗的每根护栏上整齐地打上了一排金色的光斑，仿佛镶在电线杆子上的一盏盏路灯，光彩夺目。老逄洗漱完毕，草草地吃了点饭，跟老婆打了声招呼，便开上帕萨特到了金查理小镇。他找了个车位停下，戴上墨镜，将那顶黑色的棒球帽扣在头上，又将帽檐用力往下拉了拉，对着车内后视镜看了看，镜子里的自己仿佛是一个正在执行任务的特工。老逄确信那个南方男人不会认出自己。

金查理小镇一如昨天一样热闹。

他在人群中溜达了一圈，并没有发现那个红嘴姑娘。老逄想，她或许已经完成了任务，不需要再在这里推销公众号了。他又想，找不到也好，就是找到了，如果那个红嘴姑娘来个蛮不讲理，也只能干吃一顿狗屁气，还不如腾出点时间和精力，一门心思地对付那个奸诈的南方男人。老逄最后选定了一个卖玩具的摊子作为观察那个南方男人的据点。为了讨好摊主，他特意买了乐乐喜欢的2020新款奥特曼系列玩具套装人偶以及变形恐龙、怪兽蛋等玩具。老板给老逄装好袋子后，老逄说能不能借用一下闲着的凳子休息一会儿，老板笑着把凳子递给了他。老逄坐了凳子，点上一支烟，慢慢地抽着，眼睛紧盯着对面的瓷器摊子。

对面摊子一共摆了五行瓷器，前面两行直接摆在了水泥地面上，后面的三行摆在木架子上。木架子的后面有一辆轻卡，车厢里支着一个草绿色的帐篷，帐篷上有两个黑洞洞的长方形的小窗子。昨天乐乐领的那个奖品——蓝鲸鱼气球，就拴在最后一排的木架子上，飘在瓷器摊子上方的半空中。老逢这才想起来，昨天真是气昏头了，临走的时候竟然忘了带走乐乐心爱的蓝鲸鱼。

老逢通过观察发现，瓷器摊子有人光顾的时候，那个南方男人就照应买卖，没人光顾的时候，就会到车厢里的帐篷前，趴在黑洞洞的小窗子上待一段时间，然后回到折叠椅子上坐下，无聊地看着熙熙攘攘的人群。老逢期待的那个摔瓷器，然后上演一曲讹人好戏的场面一直没有出现，他心里有一种淡淡的失落感。他想，或许还没有遇到合适的时间和合适的人员吧，譬如像乐乐那样不懂事的孩子，又是在没人看管的情况下。于是，老逢又耐着性子观察了很长时间，那个南方男人只是重复了以前的那些动作，也没有什么有价值的发现。唯一让人怀疑的地方就是车上的帆布篷，那个南方男人在不到两个小时的时间里，就去看过三四次。老逢断定，那个帆布篷里肯定藏着他最关心的东西，或许他暗设的机关就藏在那里。

老逢与玩具摊主告辞，故作悠闲地踱到了瓷器摊前。瓷器摊前已有三四个人在观看，似乎并没有要买的意思。南方男人看到老逢过来，殷勤地迎过来说："看看买件瓷器吧。"老逢点了点头，没有吱声。他在水泥地面上的两行瓷器前溜达了一会儿，对南方男人说："可以到里面看看吗？"南方男人说："随便看，随便看好了。"老逢便十分警觉地挨着一排排的瓷器看。他看完了瓷器，就有意地转到轻卡边趴在帐篷的窗子上往里望。帐篷里有一个七八岁的干瘦男孩躺在那里，一条军用被子只盖到了胸膛，正瞪着好奇的眼睛看着自己。男孩向老逢费力地举起手来摇了摇说："爷爷好！你能闪开窗子吗？我看不见我的蓝鲸鱼了。"老逢扭头向后看了看，蓝鲸鱼飘在半空中，在秋风的作用下前摇后摆的，仿佛在大海里游动。老逢说："对不起，爷爷不是故意的。"孩子说："我喜欢蓝鲸鱼，总有一天我会骑上它到海洋里漫游。"老逢的心似乎被孩子的小手攥了一下，隐隐地有些痛。他向孩子笑了笑说："是的，你肯定会骑上它漫游海洋的。"这时，那个南方男人走了过来，他似乎很尴尬，脸上现了歉意的微笑说："老爷子，很不好意思，这是昨天您小孙子落在这里的，我解下来给您。"说着就要解那根拴在木架子上的绿色牵线。老逢没想到那个南方男人会认出自己，心里忽然感到一阵莫名的酸楚，急忙走过去按住南方男人的手说："不要了，不要了，给孩子看吧。我来，是想买个，买个花瓶呢。你给我推荐一个吧？"说着就拉着南方男人的手往摆着花瓶的地方走。南方男人一边走一边说："孩子瘫痪，又没了母亲，只好带着他。没给您说傻话吧？"老逢说："孩子很懂事，挺好的，挺好的。"

最后，老逄买了一件有着平安吉祥寓意的青花瓷花瓶。

　　午休后，老逄又去儿子家接着乐乐，到玩具店里买了三只蓝鲸鱼气球。老逄和乐乐一起来到瓷器摊子，将刚买的那三只蓝鲸鱼气球跟原来的那只蓝鲸鱼气球拴在了一起。躺在帆布篷里的孩子，看着飘在半空中的四只蓝鲸鱼气球对老逄和乐乐说，他是世界上最幸福的人，他拥有一个蓝鲸鱼鱼群。乐乐对躺着的孩子说："哥哥，我想在大海里放一个蓝鲸鱼鱼群。"躺着的孩子给乐乐竖起了大拇指。

　　老逄牵着乐乐的手回到车前，一眼看到老伴正站在车的后面。老逄明白了老伴的意思，故意问："你来做什么？"老伴说："我看到动物反常，以为我们家要地震呢！"老逄笑着指了指蓝鲸鱼气球说："是有些反常，蓝鲸鱼都飘在空中了。"

乌鸡白凤

　　太阳悄悄地爬上树梢，把柔和的光线和绵软的温暖，洒上孤岛般的七里河村。谭半月吃过早饭，他的脑袋似乎长在腿上，被腿支使着又去了白凤家。白凤闭了眼，掐捻着指头给他算了算，说今天出门宜北。

　　谭半月按照白凤指点的方向走，结果到了半边井子村，就淘到了一个明朝晚期的青花印台。那青花印台是从一个孤老婆子手里淘来的，老婆子不识字当然更不识货。她说这是他那早已故去的死鬼丈夫生前用过的，那死鬼原来在村里当过大队会计。她昨天清理废品，在墙脚发现了它，反正也是不中用的东西，看着给两个钱儿就中。谭半月照例把那青花印台狠贬了一番，之后便以不可告人的低价成交，这就有了让人高兴得神经错乱的利润空间。谭半月一高兴，到村前一品香酒店撮了一顿，独自庆贺了一番。独自庆贺并不是谭半月没有朋友，也不是怕花钱，主要是这样的好事，不能和别人分享。

酒足饭饱后的谭半月，溜达着往回走。太阳斜挂在南天上，白杨树摇着铜钱大的叶子，筛了一地斑驳的光。几只不同颜色的公狗跟着一只白底黑花的母狗在马路上盘桓，母狗停步，公狗们便围着母狗聚成一团，红、黄、白、黑的很是斑斓。

谭半月路过白凤家门口的时候，看到雪儿雪白一团站在门口那棵黑不溜秋的老槐树上，歪着头看自己。雪儿是白凤家的一只大公鸡，它有着非凡的血统，是曾经在乾隆年间当过贡品的泰和乌鸡，而且是全村唯一的雄性泰和乌鸡。它长得丛冠缨头，黑脸绿耳，披一身雪白的羽毛，远远看去仿佛是一团白雪，和那些红花绿毛的大公鸡比起来，有了超尘拔俗的气质。它的叫声高亢有力，甩出的尾音透着冰清的光亮，给人一种昂扬向上的力量。它的翅膀刚健有力，高兴和愤怒的时候，常常会低空飞行。谭半月因为高兴，对站在树上的雪儿说："你不去找母鸡约会，站在树上干什么？"雪儿似乎很生气，夸张地梗着脖子向着谭半月鸣叫了一声，然后斜刺里飘飘摇摇地向马路飞去。

"咚"一声钝响，雪儿不偏不倚撞在了一辆疾驶而来的黑色帕萨特的车头上。雪儿可能是伤了内脏，连扑棱一下都没来得及就躺在路边毙命了。

谭半月知道，白凤和雪儿相依为命，是白凤心上的物件儿。四年前，白凤的儿子吉祥，在他的媳妇秀秀得了肺癌死后还没有出五七的时候，不明原因地投水库一命呜呼了。当时抓了雪儿要投到水库里当替死鬼，白凤愣是没舍得。直到现在，谭半月还记得那个悲凉的场面。

那天谭半月从外面倒腾古董回来，路过村西水库的堤坝，正赶上有人把吉祥从水库里捞了出来，他看到吉祥的鼻孔里向外流着淡淡的鼻血，知道是一口水呛死的，根本就没法子救了。白凤听到这个晴天霹雳，一路跌跌撞撞地跑过来，看到吉祥直挺挺地躺在水库边上，她摇晃着吉祥僵硬的尸体撕心裂肺地哭了一声，昏厥了过去。谭半月拉她到村诊所挂了点滴，待她醒来后流着泪颠来倒去地就一句话："这都是命！这都是命啊！"

按照当地风俗，要找一只公鸡当替死鬼。主持丧事的司事客找人捉到了雪儿，捆了爪子就要打发人往水库里扔。白凤夺下雪儿，哭着对司事客说："大哥呀，你再灌死它，这个家里就连个喘气的活物也没有陪着我的了。"那司事客长叹一声，打发人到镇上去另买了一只，雪儿才免于一死。谭半月怎么也没有想到，今天雪儿也不幸"壮烈"了。

帕萨特跑出几米，后屁股撅了一下停在了那里。车门像乌鸦的一只翅膀从一侧展开，翅膀后面冒出一个穿浅灰色西装的男人。那男人的脸真白，光滑细腻如一个大白面饼子。谭半月在心里就叫那男人白面饼子。白面饼子走到雪儿跟前，用贼亮的皮鞋踢了踢，抖着腰看。那神情有犹豫，有惋惜，有担心，也有怀疑。谭半月紧跑了几步过来，对白面饼子说："你会不会开车？好好的一只大公鸡，这不就被你撞死了！"

"是它飞到我的车上碰死的。"白面饼子说。

"你把它撞死的和它飞到你的车上碰死的，难道还不一样吗？"谭半月说。

"这个，还真不一样。"白面饼子说，"我的车在正常行驶，它冷不丁地飞过来，碰到了我的车上。如果它不是飞，而是在地上走或者跑，我就会躲开它，它也不会死。它不是飞的物种，偏偏要飞，这不是有点儿逞能吗？它一逞能就出事了，所以，责任不在我啊！"白面饼子摊开一双长了毛茸茸汗毛的白手，脸上堆出一副无辜的样子。

谭半月没想到白面饼子竟找出了这样一个狗屁理由把责任

全推了出去，现在看来这家伙肯定不是个善茬儿，纠缠下去肯定会吃不少狗屁气。如果换了别人家的鸡，谭半月也懒得管这份子闲事。但白凤家的鸡就不能不管，因为它是白凤家的鸡。谭半月看躺在路边的白花花的雪儿，便从岁月的长河里打捞起一些泛黄的记忆。

谭半月和那女人出了那档子丑事后，那女人反而更不把自己的男人朱贵春放在眼里，对朱贵春张口就骂，对家里不顺眼的东西抬手就扔。大白天里也不管村人鄙夷的目光，大摇大摆地就往谭半月的看瓜屋子里跑。可是跑了一段时间，随着谭半月腰包里的那点钞票被慢慢地掏空，那女人也渐渐不见了踪影。谭半月琢磨来琢磨去，终于悟出了些道道。那女人过来并不是只图个快活，腰里没揣钞票也是白搭。

老秋了，粮食入囤，秸秆成垛，大田里清了坡，庄户人家都只等着过个闲冬。谭半月闲来无事，整日里就往那女人身上想。想也白想，恨自己没有数得哗哗响的人民币，于是就想着做点儿买卖。可是他把脑壳子想得开了缝也想不出个门路，就找到了白凤。白凤是七里河的神婆子，传言能掐会算，人送外号白半仙。谭半月向白凤报了生日时辰，白凤焚了香，闭着眼给算了很长时间说："待要富足，倒腾旧古。"谭半月问："就这些？"白凤说："这还不够你干的？"谭半月知道不会再问出别的什么，就把手伸到口袋里摸。摸了半天，掏出了零零碎碎的六块钱。白凤觉得谭半月日子过得潦倒，再说那六块钱也不能办什么事儿，就把钱又塞给了他。谭半月心里有酸有涩有痛也有感激。

谭半月到那个没出五服的大哥家借了点钱，去书店里买了几本古董入门的书籍，在家里苦啃了些日子，觉得长了能耐，就去集市上买了一辆七成新的脚蹬三轮车倒腾开了古董。玉器、木器、瓷器、漆器，古画、古书、古砚、古钱，什么挣钱就倒腾什么。不过，谭半月不像那些穿着唐服梳着油头的"专家"，专设了什么工作室；也不像那些牛哄哄的老板，开着固定的门头，挂着醒目的牌匾；更不像那些油滑得泥鳅般的小商小贩，坐着马扎子故作悠闲地跷着二郎腿练摊儿；他是专门走街串巷"搂薄捡漏"的那种。

谭半月因为对白凤信赖，每次出门前都找白凤算算。有时算得准，有时也不准，不过总体下来，竟然发了点儿小财。几年下来，除了隔三岔五和朱贵春的老婆偷偷腥儿，使几个小钱儿，竟还小有积蓄。后来经白凤撮合，娶了村西头的白寡妇。第二年就给谭半月生了个大胖儿子。白寡妇知道谭半月坏了脾气，就夜夜黏着他要了还要，让谭半月没有精力和朱贵春老婆耍花花肠子；再加上谭半月已是为人之父，也就收了心，和白寡妇正儿八经地讨起了生活。

每每想到现在安稳殷实的小日子，谭半月就对白凤感激。逢年过节的置办点礼物送过去，白凤都是满脸堆笑地收了。当然白凤也不是白收，往往都是敬上三炷香，再给谭半月预测预测近段时间的运气。这样一来二往的，谭半月和白凤两家子处得黏黏糊糊，有了些亲情的意思。白凤的儿子吉祥结婚的时候，谭半月就随了一份大礼，包上了六百六十六元，这在七里河并不多见。

　　近几年，谭半月在古董行中，有了些名气。据说，他淘了一块汝窑的瓷片，跟只耳朵一般大，庄稼人擦腚都嫌硌得慌，他却说那是真正的宝贝，如果出了手，那就是好几栋小洋楼。因此，在七里河村，都把谭半月拿着很当个人物。

　　谭半月想到这里，下定了决心管管这事。谭半月盯着白面饼子冷笑了一声说："你这人还蛮会狡辩的哈！我实话告诉你，这鸡不是我的，叫这鸡的主人过来说话！"谭半月对白面饼子抛出的这句话有些生有些硬也有些辣。白面饼子从谭半月的脸上读出了如刀般的寒风。

　　谭半月就冲着对面的房子喊："白婶子——！白婶子——！有人把雪儿撞死了！"

　　谭半月一连喊了好几遍，白凤从院子里跑出来，虾着腰看了一会儿躺在地上的雪儿，便两手轻轻地抱起揽在怀里，仿佛怕惊醒了一个熟睡的婴儿。她流着泪喃喃地说："秀秀走了，吉祥走了，你怎么也撇下我走了呢？"说完就呜呜地哭。

沿街各户听到街上的声响，各个大门吱呀呀打开，探出一张张好奇的脸。他们为了一探究竟，都不约而同地向着帕萨特走来。有的用指甲剔着牙，有的不停地打着饱嗝，还有的手里拿着半块馒头。不一会儿帕萨特的周围就瓮似的围了一群人。人们看到谭半月红脸红脖子，兴奋得像打了鸡血，正在和一个白脸男人纠缠，知道肯定会有不俗的表现。因为就连脸上挂着鼻涕的娃娃都知道，谭半月年轻时那可是村里有名的混混。整天瞪着牛眼，听着打仗小过年。

那时的谭半月，庄稼地里的活弯不下腰，耍手艺的活一窍不通，去厂子里当临时工又受不了约束。只好整天吊儿郎当，游手好闲。因此，家里穷得站在太阳底下，也不会落下个影子。这般寒碜的日子，他还摆谱，把仅有的两身半旧不新的衣服洗得干干净净，用他老爹留下的那个一号大茶缸子，倒上滚开的热水，把裤子烫上两条笔直的精神线，再把上衣也捯饬得板板正正。他穿在身上，照着镜子，梳了分头，在街上晃荡。街上有下象棋的，他会指挥着一方走两步，对方如果说出不好听的话，谭半月就会把那人一顿臭骂。村里有吵架的，他也跟着凑凑热闹，不是给沾亲带故的帮腔，就是帮着他认为弱势一方骂两嗓子。街上有卖瓜桃梨枣的，他二话不说，抓起来就吃。时间长了，村人都知道他这脾气，没人和他一般见识。没人和他一般见识，自然也就不拿他当人。

谭半月有一个没出五服的大哥，不忍心眼看着他跟着太阳旋转的轮子一天天堕落，便委派他去看管村东边一个叫台子地的几亩西瓜。这恰好合了谭半月的意，有吃有喝的还不用出力气，就安安稳稳地在瓜屋子里住了些日子。那位大哥看到谭半月生出了鲜活的希望，心里暗喜。可是没过几天，村子里就爆出了谭半月和朱贵春老婆在瓜屋子里被捉的消息。

朱贵春生得不大出挑，头大身小像一根蔫儿吧唧的黄豆芽。那几根干枯稀疏的头发，从来都是东歪西倒的。凭着这样一副尊容，年龄不大村人就把他排到了七里河的光棍队。朱贵春的爹是个木匠，勒着嗓子眼省出了五万块钱，好不容易给他娶了媳妇。

那女人过来后，刚开始低眉顺眼地看着老实。不知道哪一天，朱贵春一觉醒来，摸摸炕上媳妇竟不见了。他苦等苦挨等到窗子放了光亮，便急火火敲开白凤的门，吞吞吐吐地说明了来意。白凤供上三炷香，掐着指头算了一阵子说："东南东南，不前不后，不左不右，有人伺候。"朱贵春听了，耷拉着眼皮木木呆呆地想了一会儿问白凤，能不能再给一些明示。白凤微闭着眼说："你还有完没完？"

朱贵春从白凤家里出来，急急奔着东南方向找。目光所及是一片连着一片的庄稼地，上面笼着淡淡的乳白色水汽。地的尽头是暗绿的丘陵，丘陵的后面是灰蒙蒙的山峦。朱贵春直走到东南岭根，也没寻见老婆的踪影。他想，这骚娘们死到哪里去了？一抬头，就看见前面台子地里的瓜屋子突兀地立在瓜地中央。他想这瓜屋子好像正应了白凤说的不前不后，不左不右。于是，朱贵春就蹑手蹑脚地靠近了后窗。他趴在玻璃上向里望，炕上两个硕大的面团揉来晃去很刺眼。朱贵春一股子血涌上头顶，平日里那几根东倒西歪的黄毛也陡添了几分威风。他猛拍了几下后窗就破口大骂起来，然后转到门前将门踹了两脚，顺手抄起门口边的一根木棍猛朝着窗子砸去，哗啦一声，明晃晃的玻璃碴子飞了一地。这时咣当一声，屋门洞开，谭半月光着膀子站在门口对朱贵春说："这房子是我大哥的，你是你娘养的，冲着这儿来！"谭半月指着自己的头。

朱贵春看看比自己高出一头的谭半月说："我，我打我老婆。"

老婆躲在谭半月身后说："你敢，你打我，我就跟着谭半月。"

朱贵春气急败坏地说："回家看我怎么修理你！"狠狠地

扔了棍子，走了。

后来，听说谭半月攥着拳头在朱贵春门前转悠了好几天，朱贵春也没敢怎么样那女人，这事也就不了了之。

谭半月的这些作为，在村人心中总是留了一些卑劣的痕迹。但越是这样，人们对于事态的发展就越发好奇。他们嘴里喷着饭后大葱、大蒜、韭菜、臭鱼、豆腐乳、烧酒等各种还没来得及发酵的气体，交头接耳地说着什么，似乎期待着谭半月和这白面男人演绎一场红脸对白脸的精彩绝伦的大戏。

这场面可能使白面饼子预感到了潜在的危险，他惴惴不安地弯下腰对白凤说："大娘，很对不住您，鸡已经死了，您看看多少钱，我赔您。"

白凤似乎没有听到那人的话，依然呜呜地哭。

谭半月便走向前去，轻轻地拍了拍白面饼子的肩膀说："哥们儿，你说得倒轻巧，这只鸡你赔得起吗？"

白面饼子说："这有什么赔不起啊，不就是一只鸡吗？"

谭半月说："它可不是一只普通的大公鸡，它是闻名世界的雄性泰和乌鸡，具有极高的营养价值和药用价值。"

白面饼子说："乌鸡的价格我知道，一般是三十五块钱一斤，我给你四十五总可以吧？"

谭半月笑了笑说："它是一只会飞的雄性泰和乌鸡，这个你应当知道。这样一来，它就有了飞禽的性质，你的四十五似乎不大合适。"

白面饼子说："养殖大雁的价格也就六十块钱吧？"

谭半月说："它可不仅仅是一只会飞的雄性乌鸡，它还是我们全村的鸡种！我们七里河村打老一辈子就有个习惯，各家各户每年都是将自己的母鸡下的蛋孵化一群小鸡，也不多，每群也就十来个，然后由母鸡领着到山上啄嫩草，吃草籽，捉虫子，自己刨食吃。我们都叫它打野。谁也不用操心，不用费力，不用喂养，到时候就下蛋。你说神奇不神奇？"

白面饼子一脸茫然。

谭半月换了一种平静的口气说："来来来，我给你普及个关于鸡的常识。母鸡下的蛋想要孵化出小鸡，没经过公鸡的交配受精是不行的，下出来的蛋那叫石蛋。石蛋是孵化不出小鸡的。你看，你把我们村唯一的一只鸡种给撞死了，母鸡们找谁受精啊？所以，从今往后母鸡们下的蛋肯定都成了石蛋。每家每户的损失是多少，你知道吗？"

白面饼子听到这里，似乎很生气，但又不敢发作，便嗫嚅道："这位大哥，据我所知，通常一只公鸡只能和十只之内的母鸡交配，那样才能保证鸡蛋的受精率。你们这个村那么多的母鸡，它能全照顾过来吗？"

这可是一个尖锐的问题，围观的人听了都为谭半月着急，就连白凤也戛然止了哭声。谭半月愣怔了一下，不过，刹那间又恢复了平静，他对白面饼子说："哥们儿，你提的这个问题很好，的确很好！你知道这只鸡的外号叫什么吗？"

　　白面饼子摇了摇头说："不知道。它的外号我怎么会知道呢。"

　　谭半月说："我们全村人都管它叫'老流氓'，谁都不知道它有多么旺盛的精力。这家伙昂着头，鸡冠子涨得紫青，竖着像一把小扇子，不住地打鸣，经常去觅食的母鸡群里扑棱。我想，这也是对禽类繁衍做出了不可估量的贡献！"

　　围观的人都拍手叫好，谭半月自己也笑了。他张开双手做了个向下压的手势，众人哑然，场面安静。他抬高了嗓门说："谁能想到这老流氓这么厉害？可它就是这么厉害！这么一只精力过剩的鸡种，你还怀疑它的能力吗？这样一只超能力的大公鸡你应该赔多少钱呢？"

　　人群里有人喝彩，有人鼓掌，有人起哄。

　　这时，朱贵春从人群里冒了出来，操着老鸭嗓子高声道："我一直觉得这个人有点儿面熟，现在我想起来，他可是哪个局的当官的。看他那个腐败肚子，肯定贪了不少钱。还和他啰唆个啥？让他赔啊！"

"是啊！是啊！让他赔！让他赔！"众人随声附和，声浪如海的碧波，一波拱着一波，似乎要把白面饼子淹没。

　　那白面饼子听了，气哼哼地说："你们这都扯到哪里去了，碰死一只鸡和贪官有什么关系？你们明着说赔多少钱好了！"

　　谭半月铺了半天的路，要的就是白面饼子的这句话。他微微笑着，伸出了两个指头。

　　白面饼子说："两百？"

　　谭半月摇了摇头说："你也太不把我们的'老流氓'当个人才了，后面加上两个零还差不多！"

　　"你们这不明摆着讹人吗？那我只好报警了。"白面饼子在关键时候搬出了法律的利器，围观的人替谭半月惊出了一身冷汗。白面饼子抖抖索索地从口袋里掏出了手机。没等拨号，谭半月一把夺了过去说："你不是报警吗？报啊！你说我讹人？你问问老少爷们儿，我讹你了吗？"

　　围观的人说："没有！没有！"喊声如潮，斩钉截铁。

　　白面饼子环视了一周，满眼都是冷冷的笑。他心里发毛，身子筛糠，白白的脸上顺着鬓角流下了两条明亮的汗水。

　　这时白凤抱着雪儿走到谭半月跟前说："你把手机给人家吧，咱不能这样做。你们的好意我都知道，觉得我一个孤老婆子，帮衬着我说些好话，好向这个同志多要两个钱儿，也让我过两天宽裕日子。我又何尝不想呢，可是如果那样做了，等我到了那边又有啥脸面去见吉祥和秀秀呢？就让这个同志走吧，这都是命！"

"婶子您怎么能这样呢？"谭半月说。

白凤说："半月啊，你平常日里没少照顾我，家里的事情都依着你，可这事不敢依着你。都散了吧！"说完抱着大公鸡头也不回地走了。

谭半月觉得尴尬，一头掉进陷阱的白熊，又让它跑了，看热闹的村人肯定会笑掉大牙。他心有不甘，对白面饼子说："这大公鸡是老太太心上的物件儿，前几年他的儿子跳了水库，当时想让这只公鸡去当替死鬼，她都没舍得。你要是还有点儿良心，就看着给放下两个钱吧！"

白面饼子没想到会是这样一个结局，他感到很荒诞很意外也很激动，抖抖索索掏了掏口袋，一共掏出了四百六十块钱。对谭半月说："我听出来，这老大娘也不容易，全给她好了。"

谭半月说："你走吧，我会一分不少地给她。"

白面饼子开着帕萨特走了，围观的人们也都散了。谭半月老婆戳了戳谭半月说："我在这里等了你有些时候了，你老是和人家不算完，家里有人在等着你呢。"谭半月跟着老婆回了家，一看是城里博雅斋古董行的程老板。喝茶、看货、砍价，溜溜待了老半天。

　　程老板走后，谭半月忽然想起口袋里的那四百六十块钱，便急急来到白凤院子里。院子里铺满了碎银般的阳光，把他的影子斜斜地印在灰白的水泥地面上，黑黑的仿佛是一摊草木灰留下的污迹。往常日，谭半月进到这个院子，那只黑脸白袍的雪儿就会梗着脖子打鸣，现在雪儿没了，院子里少了它那激情澎湃的歌声，就显得空洞寂静，似乎进入了一个熟悉而又陌生的虚境。现在雪儿就躺在屋门口的一边，静静地如一堆白花花的棉花。白花花的棉花衬得它那黑色头颅如一块坚硬的煤炭，半张的黑喙里流出了一摊稠稠的蓝绿色污血。

　　谭半月正想往屋里走，就看到有焚香的青烟从半开的窗子里丝丝缕缕地飘出来，便猜到应当是有人在求仙家问事，这种事往往怕第三者在场。他正犹豫着是进是退，这时听到屋内的白凤念叨着："祥子，这事我可把谭半月砸在架子底下了，他肯定生我的气。"谭半月听白凤说到了自己，不由得站在了那里支棱着耳朵细听，就听到白凤说："我没想到谭半月竟然会在村头就着雪儿这事讹人。我想你去给秀秀看病的路上，被人把那几万块钱讹了去，应该是一样的场景。那些个该死的把钱讹了去，你觉得耽误了给秀秀治病，对不住她。她走了，你也跟着去了。那时，你和秀秀觉得丢人嘱咐我不要对外说。其实，我比你俩更忌怕说出去，这事要是被村里人知道了，我假借黄仙之名给人家神算的活也就没法干了。他们肯定会说，你算得那么准，怎么就没算着自己的儿子会把钱财被别人讹了去呢？今天，半个村的人，黑压压的一片，都知道谭半月在讹人，却没有一个站出来说句公道话的，也没有一个人站出来制止，就连朱贵春反而也帮着谭半月说话，这让我心寒呢。你说，这人看着都好好的，怎么都病了呢？怎么都掉到钱眼里去了呢？"

白凤的话在谭半月的心上敲了一下，又敲了一下，又敲了一下，就敲得谭半月的心有些隐隐作痛。他从口袋里掏出一千块钱，从门缝里塞了进去，然后提起门边的雪儿悄悄地出了院子。

过了些日子，谭半月搬着一个大纸箱来到白凤家，打开纸箱，白凤看到雪儿站在一块褐色的石头上，紫黑的爪子像钢筋镶进水泥，苍劲有力。它的脖子笔直地挺着，梗着头，乌黑的嘴半张着，似乎就要高亢鸣啼。谭半月将它搬到靠北墙的案子上，对白凤说："婶子，我知道你想雪儿，我把它做成了标本，这样也就给你留了个念想。过些日子我再给你弄一群鸡崽来，你养着解闷儿，那给人算命的营生就别干了，没有钱我给你。"

白凤点了点头，眼里盈满了泪水。她拉着谭半月坐到炕沿上说："对，不干那营生了，我那都是糊弄人的。"

这天的深夜，白凤梦见雪儿从案子上飞了起来，飘飘摇摇地围着院子转了几圈，然后落到了门前的那棵大槐树上。大槐树却开了满树杏花，粉红粉红的，像一块彩云飘在墙头上。雪儿站在上面，像一朵洁白的莲花。它梗着脖子，就像一张拉满了的弓，张开黑黑的嘴巴，高亢地鸣叫了一声。鸣叫声将白凤惊醒。她坐了起来，窗子已透出灰白。这时她却听到了门外大槐树上，响起了一声嘹亮的鸡鸣。白凤不敢相信自己的耳朵，她怀疑自己产生了幻觉，这时大槐树上又真切地传来一声嘹亮的鸡鸣。

🏠 老给先生

　　四十年前那个有些清凉的夏天，对我来说是晦气的。神使鬼差地做了几件事情，把自己推上了被学校开除的边缘。我确切地认为这晦气是拍了老给先生的"马屁"带来的。

　　老给先生姓郜名闰甫，是我们的高中班主任，也是我们的数学老师。据说，老给先生是原国民党部队王牌整编74师某炮兵团的教官，孟良崮战役失败被虏，整编到我军继续任炮团"教官"。新中国成立后他遵循父亲遗嘱，辞去军籍，被分配到朱城三中任教。从老给先生酷爱麻辣口味和带有四川口音普通话判断，老给先生似乎是四川人。他的"川普"念"革命"都是念"给命"的发音，所以他念对数的英文，本应念作"老革"的发音，他却念作"老给"。学生们听了都觉得有一股别别扭扭的麻辣味道，就给他送了个"老给先生"的绰号。后来，老师们知道了，竟也跟着叫。日子久了，老给先生这个满含着四川味道的绰号，在学校里得到了广泛普及，郜闰甫这个名字只有在会计的工资表和学校的花名册上露露面了。

记得入学第一天，他在黑板上写了"郜闰甫"三个字。然后说："我叫郜闰甫，郜氏的始祖是上古尧帝的重臣大司农——后稷；《说文》上说，后稷因治理农业有功，尧帝封他为郜国国君，其子孙就以郜为姓氏。甫是象形字，像田中有苗，本义指有蔬菜的田地，是圃的古字。闰通润。圃是要有水的滋润的，父亲就给我起了这么个名字。我的先人是管理田园的，我是'园丁'。我的这份工作并没有辱没祖宗，也对得起父亲给起的名字。不过，这都不重要了，在学校里师生们都不叫我的名字，而是叫我老给先生。如果你们有兴趣叫，我也很高兴。"从那时起，我们也都把他叫了老给先生。

老给先生面皮黑黑，头发粗硬，身材矮壮；走起路来，昂首挺胸，步伐铿锵，浑身上下都透着一股钢炮的味道。他上课就像一台设定好了时间的机器，皮鞋的橐橐声准确无误地撞击着细碎的钟声走上讲台，再踏着同样的钟声走下讲台。讲课从来不看讲义，画图不用圆规、直尺、半圆仪。画圆用三个指头捏着粉笔，以胳膊肘为支点，画出的圆，比圆规画出的还圆；画三角形、梯形、平行四边形、长方形、正方形等由线段组成的图案，当然更不在话下，如呼吸一样自然。我们不论问他多难的数学题，他都是站在你的课桌边，微闭着眼让你把题读给他听。不管多么复杂的题，只读一遍，听完后，他似乎根本不需要经过大脑进行综合处理，仍然镇静自若地站在那里，告诉你多个解题的方法。

站在课桌边说题，这似乎是老给先生的一个招牌姿势。他的一次例外，就被我拍了"马屁"。

那天是老给先生的数学课，我从老给先生走上讲台，就开始有了隐约的尿意，直到他昂首挺胸走出了教室，胀痛的尿意已是不可遏制。我火烧火燎地出恭回来，乘着排泄的快意回到教室。看见中间那两排课桌的最后边铁桶似的围了一圈人，其中一个人趴在课桌上，浑圆的屁股撅在外面。我觉得应该是物理课代表马跃文的"马屁"。马跃文的父亲在家里打大饼卖，他星期天回家背回来的干粮都是香喷喷的大饼。我们那时从家里带来的是掺着玉米面的瓜干煎饼，咬一小口，泛一大口。再加上咸菜是沾了面炒出来的盐粒，含在嘴里翻来倒去的难以下咽。马跃文那黄燋燋的大饼，在我们眼里那就是现在的满汉全席。好在马跃文也没辜负"满汉全席"的营养，被壮得腿短身长，头小腔大，穿着蓝白相间的海军衫，活脱脱一匹生长在非洲山地上的山斑马。那两瓣滚圆的腚腄子酷似一对肥硕的马屁股。据此，我们给他起了个外号叫非洲马屁。他和我是要好的兄弟，我就铆足了劲照着他的非洲马屁重重地拍了一掌，并且高声喊道："我拍'马屁'！"啪的一声过后，那"马屁"颤了一下，像大冷天里撒一泡热尿后的冷战。之后，屁股向一侧扭了一下，转过头来看着我说："夏天，你这是拍谁的马屁？"同学们都惊得目瞪口呆，定格了那么几秒时间。我一看，原来是老给先生，脸上似乎有一股热血往外喷涌，结结巴巴地说："老，老师，我，我，我以为是马跃文呢。"老给先生脸板板的没有任何表情，重又趴回课桌上说："马跃文的'马屁'你就可以拍吗？"众同学皆笑。然后，老给先生继续给那个同学讲题。我想，老给先生这副表情，一定是很生气。

这件事没过多久，我们班突然换了一位物理老师。这位老师姓谷名超，是个工农兵大学生。人长得细高挑，白面皮，一个月理三次头发，脖子根上常常露着青白的发茬儿，看上去文质彬彬的，似乎很有学问的样子。可是没上几堂课，就露了马脚。

他就连课本上的例题，都讲不明白。每次上课，他都比我们还热切地盼望着下课铃声。课上我们问他问题，他都装作听不见而回避。一次，我趁他走到面前，高声说："老师，这道例题我还不明白。"谷老师看都不看我一眼，冷冷地说："明白不就会了吗？"然后转过身，走人。我们班的同学都觉得这个谷老师，脑壳里装的不是脑浆，而是一脑子猪屎。班委会的几个人就联合向老给先生提意见，让他找校长换掉这个老师。老给先生慷慨应允。可是，他找了几次校长，校长也很犯难。那时候，教师成分复杂，师资力量不足，校长排兵布阵就显得捉襟见肘。校长很是为难地说："一时间没得更换。"老给先生急了，他找来纸笔，用他擅长的颜体正楷抄写了韩愈的《师说》全文，恭恭敬敬地挂在了校长办公桌的对面墙上。校长明白他的意思，只好动员已是教导处主任的凌可风老师兼着物理课，将那个谷超换了下来。全班同学对老给先生感激，一致推举我在黑板上写："谁敢仗义执言？唯我老给先生！"因为我模仿老给先生的字体最好，推辞不得，只好在黑板上写了。

老给先生昂首挺胸来到讲台，一眼看到了黑板上的字，当即勃然大怒，将黑板擦子重重地拍在了讲台上。他知道那字是我写的，就将我叫到黑板前，罚站了一个课时。临下课老给先生十分严厉地说："同学们知道我为什么要罚夏天的站吗？这种行为实际上是借我仗义执言之名，行拍马溜须之实。此风对于你们这些将来走上社会的青年，有百害而无一利，长不得要不得姑息迁就不得，切记！"下课后，把我的数学课代表也给撤掉了。

我对老给先生的罚站和撤掉我的数学课代表非常不满，认为他这是暗地里对我进行打击报复。有一天，我和马跃文说了我的想法，马跃文摇了摇他的肥嘟嘟的小脑袋，讲了老给先生的几个故事。

老给先生写一手漂亮的毛笔字，颜骨柳筋，挺劲有力。校长看了赞叹不已，提出来让他把办公室和教室的门牌重新写写，老给先生断然拒绝说："我的字不是用来写门牌的。"校长深谙老给先生的脾气，哈哈一笑了事。可是，年底的时候，他却主动给学校边上居住的一个盲人写了一副春联：柴扉半开迎日月，夜不掌灯心中明。横批：同沐春风。校长路过看了那对联，认得老给先生的笔迹，很无奈地摇了摇头。后来老师们背后里笑话他，校长给个露脸的机会不做，盲人又看不见，啧啧！

有一次，老给先生的老婆回了娘家。老给先生和老婆没生孩子——传说老给先生的老婆在解放前，曾经是青楼女子，不生孩子——所以，家里就只剩了他一人。老给先生在蜂窝煤炉子上燎了一壶水，因为急于上课忘记封闭炉子。到了课堂上神采飞扬讲了一段时间，方才想起。老给先生却是仍然镇定自若地把课讲完。待回到家里，那把铝壶已瘫软在了蜂窝煤炉子上，化成了一摊丑陋的铝疙瘩。

我对马跃文说："你我都是老给先生的学生，我怎么就没听说过这些故事？"马跃文有些神秘而又得意地说："这个你就没有我的优势了。我家老头子打的大饼有好多老师都爱吃，每次回家往这儿带干粮，有的老师就和我打招呼，让我给他们顺便带几个。这样一来二往的，和老师们就混得熟，这些故事都是从老师们的嘴里听来的。"我说："怪不得老师们都待你格外好，敢情是你拿着老头子的血汗给老师送了礼，老给先生肯定也得了你的好处。"马跃文的脸腾地一下子红了，语调也变得高了起来，他说："夏天，你别以小人之心度君子之腹啊，老给先生是吃过我的大饼。刚开始我也曾经想拒收他的钱，两个人推来让去的僵持不下，还是他家大姨给我讲了个故事。大姨说，有一次老给先生去供销社饭店买油条，服务员算冒了账，多找给了他五分钱。回家后一算不对，就骑上自行车给人家送。到了饭店正好饭店经理在那里，他也没有多想，就嚷嚷着说多找了钱。服务员守着经理怎么会承认呢？承认了就得挨整扣工资啊，人家就不承认有那么回事儿。他也看不出个死活来，一口咬定就是找错了钱，结果人家骂他神经病。他回来气得摔盆子打碗地直说岂有此理！岂有此理！后来，他又去买油条，正好还是那个售货员，他又提起那回事儿，人家那女孩子红着脸向他说明了原因，道了歉。他硬是把那五分钱又给了人家，回家还高兴得不得了。我听了大姨的话，就没有推让，把放在桌子上的钱装进了兜里。"马跃文说到这里似乎有些激动，停顿了那么一段时间，似乎平复了平复情绪，接着说："老给先生就是有些倔强、刻板、认真，但不可能像你说的那么小肚鸡肠。"我想马跃文这家伙世故得很，老给先生这些狗屁轶事肯定是他瞎编出来糊弄我。我在心里发誓，一定想办法搞一下老给先生。

机会终于来了。这年的冬天，学校里分烤火煤。他就叫上我和马跃文一起去帮他。我们去得较晚，有些教师已经称上煤走了，将煤矸石挑出来放到一边。我就把那些煤矸石和煤一起全都装进袋子里去过秤。听说，过后他的老婆起了个囤子将煤倒进去，一看几乎有一少半是煤矸石，就发了一通大火，一口骂出十个"呆子"。老给先生还不服气，争辩说："老婆，老婆，请息怒。煤矸石也是从煤里出来的嘛！"老婆瞅了老给先生一眼道："谷糠还是从谷子里出来的呢，能当米吃吗？"老给先生只好说："大概，当然，或许……"说了一通自己也不明白的话搪塞着了事。

那是夏季的一天上午，课间休息。我忽然发现在学校的院墙边有一棵小白杨，心形的叶片上泛着革质亮光，上面趴着很多指头肚一般大的洋辣子。小的时候不知道被它的毒刺刺过多少次，被刺的地方起一个个晕红的丘疹，刺痛奇痒好多日子。我心里一阵高兴，用两根小木棍夹了三个洋辣子，包在纸团里。老给先生有一辆八成新的大国防牌自行车。那车子用绿色的胶带缠了大梁和车把，座子上套着一个灯芯绒的红色座套，座套上还缀着一圈黄色的流苏。跑起来，那黄黄的流苏就在裤裆间簌簌地飘。我趁老给先生吃午饭的时候，偷偷地将洋辣子取出，放到了那个灯芯绒座套的下面。第二天，老给先生来上课的时候，我看到他劈着腿走路，很像一只蹒跚走路的老鸭。我心里涌动着一波一波的幸灾乐祸。

课间，老给先生讲完例题，让我趴黑板上做了一道练习题。我走到黑板前，便看见讲台上放着一张白纸，上面躺着三个压成了照片的洋辣子。我意识到做的那件事败露了，心里就有些发毛。但是，我还是强制着自己镇定下来做完了那道练习题。老给先生当即表扬了我，别的什么话也没说。

世界上的事情往往就是这样，有第一次就会有第二次，也会有第三次。次数多了就成了习惯。在我两次报复老给先生成功后，报复的快感在我的心里悄悄生根发芽，长成一棵邪恶的小树。这年的夏天。我又实施了一次报复行动。不过这次报复的不是老给先生，而是庙山村，这还得要从抄近道说起。

朱城三中，离我们七里河村只有三里路程。我们村在此上学的学生全都是走读，并且都是从庙山村的三节子庄稼地里抄近道走。庙山村的干部为阻止学生抄近道，可真是伤透了脑筋，围、追、堵、截等法子全都用过。由于学生们就像野草一样任性而又顽强，所以他们始终不见好的效果。我读高一那年的秋天，庙山村新换上了一个姓朱的干村支书，听说这人做事信奉三声大爷不如一耳刮子。不但在村子里踩得结实，就连镇里的一二把手他也敢顶撞，没挂个纱帽翅儿的那些一般干部，也就更怵他一头。

这天下晚自习的时候，天空像一块无边无际的黑色幕布，一下子垂到了头顶之上，黑色中胡乱地撒着密集雪粒。我们一行六七个学生快要走出麦田的时候，忽然从地边的小水渠里跃起了十多个青壮汉子，手里都提撺面杖样的棍子，拦住了我们的去路。其中一个似乎是头头儿的人，凶着脸问我为什么抄近道，踏坏麦苗应当如何处置。我有些逞能，壮着胆子说："鲁迅先生说过，世界上本来没有路，走的人多了，也便成了路。"话音一落，接着就有一个壮汉，过来一把揪住我的衣领，当胸给了我一拳，我感到我那单薄的胸膛一阵锤击般的疼痛。我捂着胸膛，再也没敢吱声。其他的学生见此，也都不再敢说什么，只是呆呆地站在了那里。最后的结果是他们掠走了我们每人一样东西，或是帽子，或是围脖，也有的是书包。

他们掠走了我的绛紫色长条围脖。被取走围脖之后的日子里，正是那场大雪融化的时候，都说下雪暖和化雪冷，天地间就仿佛变成了一个大冰窖子。我感到我的上身好像穿了一个竹筒，冷风像冰刀在脖子上刮来刮去，然后畅通无阻地刮到胸膛肚皮，周身的血液似乎也被冰冻而停止了流动。暴露在外面的两只单薄的耳朵，似乎也不是自己的了。母亲好歹攒够了两斤鸡蛋，卖掉，又新买了一条围脖。即便如此，也已经晚了，耳朵上还是冻出了冻疮，又痛又痒。从此，我便对庙山村埋下了怨恨。

暑假返校后，老给先生安排离学校较近的我和马跃文，每人从家里带了锄，耪操场上的杂草。用完后带着锄回家的路上，小道两边的玉米正在扬花吐须，青纱帐内弥漫着孕育的喧哗和骚动。我忽然发现这是报复庙山村的好机会，就顺手将玉米耪倒了不知道多少。看到沿路横七竖八躺倒的玉米搅乱了一地夕阳，仿佛惨烈的战斗后的战场，心里很有出了一口鸟气的快感。

第二天去上学，有两个本村的比我矮一级的学生在村后的小桥上拦住我说："千万别再抄近道了，昨天不知道谁把庙山村的玉米给耪倒了好多。庙山村的人用一辆拖排车拉着，横在了学校的门口，逼着校长查出破坏玉米的人。他们还派了七八个民兵，拿着棍子，看到抄近道的就要给打断狗腿。"我一下子吓出了一身颗粒饱满的冷汗，知道闯下大祸了。我心事重重地到了学校大门口，看见横在门口的拖排车上，堆着多半车玉米秸子。萎蔫的叶子死气沉沉地叠搭在一起，腰间全都抽出了一拃多长的棒子，棒子上酡红的玉米须乱麻般地窝着，让人看了有一种孩子夭折般的心痛。因为心虚，我没有敢走大门，而是转到学校的东墙翻墙而过的。我从墙头上跳下，闯得脚踝生疼，蹲在那里，像一条被打瘸了腿的狗，痛苦而又狼狈。看看无人，也没顾得上疼痛便急急地奔到了教室。教室里的同学大部分正在预习课文，也有的聚在一起议论着玉米秸子的事情。我坐在座位上支棱起耳朵听着，紧张地转动着脑筋，搜寻着应对的办法。这时候，我忽然看到教室的门后边还立着一张锄，知道那应该是马屁马跃文的。我心里一阵狂喜，将马跃文叫了出来，如此这般地交代了一番。马跃文真不愧是我的好兄弟，一一点头答应并做了保证。然后，我两悄悄回到教室，装作若无其事的样子。

　　我在教室里如坐针毡地等了十多分钟，老给先生目不斜视地走到我的跟前。虎着脸说："夏天，你跟我出来一趟。"我跟他走到教室外的一个僻静的地方。他说："你昨天带着锄往回走，是不是把人家的玉米给搒了？"我强作镇定地说："不知道啊！那锄我昨天根本就没有往家带，现在还在门后边站着呢。"老给先生到门后边看了看，回来自言自语地说："锄还就是在那儿呢。"然后对我说："你和我到校长办公室去一趟。"

校长办公室里除了校长，还坐着一个人。黑黑的皮肤，留着平头，眼睛里放着寒光，阴了一脸的煞气。我一下子想起了那个雪夜向我们问话的头头儿。这平头应该就是庙山村那个姓朱的支部书记。校长坐在椅子上，指间夹着一支雪茄烟，目不转睛看着我。透过冷冷的镜片，那幽深的目光，似乎一直戳到骨头里。我离校长大约有两米的距离，从脚底下慢慢升起了一股凉意，整个身子在微微地颤抖。老给先生和我站在一起，很有些一同受审的意思。

校长问："你叫什么名字？"

"我叫夏天。"

"昨天你是不是带着锄在操场锄草了？"

"是。"

"你们往回走的时候，是不是用锄把路边的玉米给耪了？"

"没有，我的锄没有往家带，现在还在教室的门后边站着呢。"

"他的锄确实在门后边，我过去看过。"老给先生说。

"那就奇怪了，不是他们这些学生祸害的，又有谁会做这些事呢？"平头气愤而又疑惑地说。

"校长，没事我就带他回去了，还要上课呢。"老给先生说。

校长点了点头说："去吧！"

返回教室的时候早已敲过了上课的钟声，学校变得阒寂而空洞。如一只蜂箱，没了喧闹熙攘的蜜蜂。挂在树上的太阳，把我和老给先生的影子拉得像两件变了形的黑色衣服，长长地铺在地上，夸张而又荒唐。老给先生还像往常一样迈着军人的步伐目不斜视地走着，一句话没说。我们背着太阳踏着影子前行，一切似乎像影子一样安静。我暗暗庆幸，靠自己的聪明躲过了一次祸事。

过后听说，我和老给先生回到教室后，朱支书因为校长没有查出破坏玉米的人而恼羞成怒，黑黑的脸膛变成了紫茄子。他把看路的那七八个民兵叫过来，在校长门口整齐地站成了一条线，像七八根预制粗糙的水泥杆子杵在那里。朱支书对校长说："看见了吧？只要我一句话，他们就会将你的办公室砸个稀巴烂。"校长用手扶了扶眼镜，将拇指粗的雪茄烟塞到嘴里咂了一口，缓缓吐出丝丝缕缕青色的烟雾说："庙山村在我这里读书的孩子应该有十几个人，以后也还会有孩子过来读书的。"朱支书听了，二话没说，挥挥手领着七八个人悻悻而去。杂乱的脚步，踏碎了一地灿烂阳光。

我高考落榜后参了军，在部队里考取了军校。一晃四十年。去年春天，我应邀参加了朱城三中的七十年校庆。没想到校长竟是当年的好哥们儿马屁马跃文。他把我引到他的办公室。办公室所有的家具都是原木色，有一种近乎原始的简洁。马跃文办公桌的对面挂着一幅装裱精致的正楷字《师说》。凭我这号称国家级书协会员的鉴赏力以及对老邰先生字体的熟悉，断定这幅字应当是老邰先生写给老校长的那幅《师说》。和马跃文寒暄了些话语，便直问了他。马跃文说："好眼力，不过这是我摹仿邰老师的，真迹在档案室里存着呢。"我提出来想一睹邰老师的真迹。

在档案室里，马跃文让档案管理员拿出了折叠得很规整的《师说》，同时搬出了一摞码得很整齐的用蝇头小楷写成的《教学计划》。马跃文直直地看着我说："这都是邰老师的真迹，你读读这些不是书法作品的'书法作品'，能读出什么不一样的东西？"我把《师说》和《教学计划》全部铺展在案子上，仔仔细细地看。《师说》挺劲有力，刚毅洒脱，一气呵成。那三十一份《教学计划》则几乎是一个模板刻印出来的小楷字帖。我对马跃文说了我的看法，马跃文摇头不语。我请他指点一二。马跃文神情凝重地说："邰老师的《师说》由于当时的心情所致，字字都喷发着怒气、怨气、霸气和骨气。而这三十一份《教学计划》却字字透着淡定、认真、恪守和执着。它表现了一个教师从教三十一年来对教学一丝不苟的态度。"我深深地点了点头。

重回到马跃文办公室，我们两个自然是感慨万千。后来就说到我们这一级同学，马跃文都如数家珍。说到我的时候，他说我是我们这一级同学的翘楚。我说："我算什么翘楚啊，别忽悠我。不过，我真的应当感谢你，当年如果不是你的那张锄救了我，肯定就没有我的今天。"马跃文又摇了摇他那依然不大的脑袋，叹了口气说："其实，那张锄不是我的。"

我的眼里盈满了泪水，想起了煤矸石和洋辣子。问马跃文："邰老师还好吗？"他说："已经过世十多年了。"我说："求你一件事好吗？"马跃文说："我只要能办到的，尽管说。"我说："你再摹一幅邰老师的《师说》给我吧。"马跃文说："这事，还是你自己摹吧。"

校庆结束后，我又在老家待了一周。期间几次想到学校临摹邰老师的那幅《师说》，犹豫再三，直到返回了部队，也没有去。

露水集

　　魏青每次赶的都是扶淇河畔的露水集。

　　露水集当然有露水的特点，五更起身，天不明成市，等到太阳一竿子高了，露水也干了。买的，卖的，摸行情的，找熟人的，看热闹的，一齐作鸟兽散。各往各的地方，各干各的营生去了。留下的是带不走的路，搬不走的树，以及那些杂七杂八没用的东西。

　　扶淇河畔的露水集是由于它的特殊地理位置自然形成的。

扶淇河是流经诸城城里的一条南北河，周边远远近近地又星罗棋布了扶河、淇河、潍河、涓河、南湖，以及一些名不见经传的小河、小湾、小水泊。不知道哪年哪月哪一天，也不知道是谁在扶淇河里捕了鱼虾，蹴就在沿河路边卖。有人就停了车或是驻了足，围着摊子问价砍价做交易。有些人从此看到了商机，接着就跟着效仿。当引起人们注意的时候，已是黏在扶淇河畔的沿河路边有那么六七十米长了。

扶淇河畔的露水集能够形成气候，是因为有自己的特点。卖的东西都是从这些水域里捕捞上来的鱼鳖虾蟹等几种活物。这么几种活物在一个集上，品种就显得单调，似乎没有多少让人选择的余地。但是，品质却有着无与伦比的新鲜和不可置疑的野生。在当今这个很难买到真正的新鲜的时代，这就显得弥足珍贵和至关重要，赶集的人们对于价格高低也就不很计较。卖方有了客观的效益，买方买到了放心满意的东西。双方共赢的结果，催生了扶淇河畔披星戴月的露水集。

后来，一些脑筋活络的人抓了养殖的过去冒充，这样一来，集还是那个集，卖的东西就不好说了，鱼目混珠，鱼龙混杂的，新鲜还能说得过去，野生这得要考验你的眼力。

魏青赶这个露水集，算起来也有一年多了，就卖一样东西，自己捉的野生甲鱼。他今天和往常一样，一大早就赶过来找到那棵他经常摆摊的歪脖子大柳树，将摩托车倚在树干上，把那只两斤多重的甲鱼从蛇皮袋子里拎了出来，用一条红色的捆扎绳拴了一条后腿，另一端踩在脚下，算是摆了个摊子。摆摊，只是装装样子，即使有买的，魏青也不卖，实际上他是在等那个女人。

魏青捉甲鱼卖甲鱼，并不是他的专业。其实，魏青有一份正式的工作，是镇上的一个纺织厂的保全工。保全工的职责是维修、保养、维护、调整、管理所属责任范围内的设备等。保全工责任似乎很重大，发钱却寥寥，每月也就那么三千多块钱。但是魏青认为，不在于钱多钱少，只要你愿意干，就得把责任担起来。魏青职责范围内的事，都做到了，厂领导满意，职工们也都认可。但是，魏青的老婆不满意，也不认可。她认为魏青就是个无能的家伙，既不能挣钱，又不能持家，也不能像一把伞撑着为她挡风遮雨。

那年春天，村主任家里起房子，魏青觉得在镇上的厂子里上班也用不到他，就没有随礼。有一天，魏青从厂子里回家，骑着摩托车路过村主任家的新房基。路的中间是搅拌机的工作现场，周围漏洒的废水搅和着残留的水泥淌了满地，仿佛是湾底的淤泥。魏青看到村主任正背对着路面站在树下，领导样指手画脚地向起房子的工人喊话。他怕向村主任问好扰乱他的注意力，又怕泥水弄脏了鞋子，就加大了油门轰然而过，结果摩托车卷起的泥浆溅了村主任一裤子。村主任把随礼和摩托车溅泥这两件事一起在心里合算了合算，就觉得魏青对他这一村之长似乎太不在意，太不当回事，便打发民兵连长把魏青的老婆和魏青的弟媳叫到村委院里给清理厕所。厕所里的粪便有了些时日，存量就相当可观。妯娌俩用一担铁筲轮换着担，老是担不完。可能村干部吃的饭菜油水大，和村民们打交道肚子里的火气旺，沤出来的粪汤就不是一般的臭，应当是那种臭死人的恶臭。妯娌俩受不了这臭气，有时是一起呕，有时是交替着呕。

魏青在家里等了好长时间，见老婆老是不回来，就过去看。看得清楚了竟没敢放一个屁，想了一半天只好去告诉弟弟。弟弟二话没说，找了一条麻袋包胡乱地夹在胳肢窝里，把家里那把亮光光的砍刀攥在手里到了村主任的家。村主任的老婆开门看见黑青着脸的魏青弟弟和那把肆意地发着寒光的砍刀，知道自己的男人又做了什么得罪人的事情，就用有些赔罪的口气说："兄弟，有什么事好说，别生气。"魏青弟弟说："要是不把我嫂子和我媳妇从村委院里放回家，我就把你男人剁了，用麻袋包装了扔到西水库里去。"

村主任老婆到村委院里，看到那妯娌两个正在一边呕着一边清理厕所，将民兵连长一顿臭骂，遂把妯娌两个放了。这事，魏青的老婆更加认定魏青就是一个怂蛋，一个软蛋，就知道干厂子里的那点破事的笨蛋。所以，有一天，她撇下魏青和儿子魏小青，跟着南方的一个长得很难看，但是很有钱的苗木贩子跑了。现在，魏青捉甲鱼卖甲鱼在厂子里是公开的秘密，领导默许，职工们没有意见。因为他们都理解魏青，一个男人，拉扯着一个得了那样病症的孩子，放在谁身上也受不了，也就是他魏青能挨得住。

魏青赶了一年多的露水集，所有的甲鱼都是卖给了一个人，一个有些神秘的女人。可是这个女人有两个周日没来买他的甲鱼了，今天是第三个周日。魏青想不明白那女人为什么这么长时间没来，他想那女人或许出门了。她出门又会做什么呢？是出去旅游？他觉得她不舍得花这么长的时间，肯定不会。那是出去谈生意？如果是，那也是去了国外。如果在国内，再远的地方也该回来了。现在的交通这么发达，汽车、火车、轮船、飞机都十分便捷，噌一下子去了，噌一下子回来了，什么业务也不可能谈这么久。魏青又想，她也许是遇到了什么特殊的事情，如果不是，她绝对不会这样，即使这甲鱼她不要了，也不可能连个招呼都不打。魏青正百思不得其解，这时就有一高一矮的两个胖子晃着膀子走了过来。

高的对矮的说："你看，野生鳖，绝对的野生鳖！"

魏青说："眼毒。"

矮的说："多少钱？"

魏青说："不卖。"

高的说："不卖你在这里咋？"

矮的说："有病啊？"

魏青一股子血撞到头上，怒道："会说人话不？"

矮的说："欠揍？"向前凑着就要动粗。

魏青说："来啊，来啊！"

高的拉着矮的说："走吧，走吧，和个神经病一般见识！"

两个胖子骂骂咧咧地走了。魏青吐了一口唾沫，心里骂道：两头肥猪，去挨刀吧！

魏青看着两个胖子消失在熙熙攘攘的人流中，他想起了和那个女人的第一次相识，似乎也是在和一个人的吵架中。那时魏青的儿子刚刚过世，魏青常常沉浸在失去儿子的悲痛中，自然没有什么好心情。说什么话都像吃了枪药，满嘴火药味儿。

魏青记得，那是去年初春的一个周日的早晨，扶淇河沿岸粗大的垂柳婆娑了一堤的绿意，透出朦胧而又勃发的生机。魏青带着他从潍河里捕获的甲鱼，第一次赶这个露水集。魏青没想到赶集的人们会起得这样早，天色还乌蒙蒙的，摊主们都已摆好摊位，有的已经开始交易。他沿着一溜摊子溜达了一遍，看到大部分是卖鱼的、卖虾的和卖河蟹的，卖甲鱼的很少，也就那么三两份。他一眼就看出来了，那几个摊子的甲鱼全都是养殖的。为了摸摸行情，魏青就随便问了问价格。一年之前，魏青对于甲鱼的价格是再熟悉不过了，给儿子小青买了那么多的甲鱼，怎么会不熟悉呢？不过魏青自从跟着老鳖精学会了到河里捉甲鱼，也就没有再买过甲鱼，自然也就不了解现在价格了。

魏小青十三岁那年的夏天，魏青带着他到潍河里去洗澡。魏青在给魏小青搓灰的时候，发现儿子的左大腿比右大腿粗好多。仔细一看，左大腿外侧有块纵向的一拃多长的肿块。魏青用拇指按了按，里面硬硬的像一块煮熟了的牛板筋，隐隐地透着桀骜和暴躁。问小青，小青说："也不痛，也不痒，就是木胀胀的，甭管它，过几天就好了。"洗着澡，魏青心里老是惦着，他听老人说过，凡是长了不痛不痒的疮痈，大部分就不是什么好病。

洗完后，魏青就直接领着魏小青到了村诊所。村医看了半天也没说话，最后和魏青说："似乎是什么纤维瘤之类的，快去县医院看看吧，没事也就放心了。"魏青见村医一脸的严肃，心里唰啦就堵上了一捆干柴，枝枝丫丫地戳得人心痛。

魏青没敢再迟疑，跟老娘说了声，就领着魏小青急急火火地到了县医院。他找到了已是骨外科主任的高中同学领着，又是拍片又是化验地折腾了好几天，最后确诊是恶性纤维肿瘤。都说县医院经常会误诊，魏青抱着侥幸心理，又带着魏小青到省城的肿瘤医院进一步进行确诊，结果还是一样。

魏青为了省两个钱，就又领着魏小青回到了县医院。魏小青手术后住院期间，病房里时不时地就会有人往里塞小广告。小广告上有五花八门的偏方、秘方、奇方，也有最新研发出来的各种治疗肿瘤的新药，还有治疗肿瘤的各路神医。有一天，魏小青从扔在床上的一张小广告上，看到野生甲鱼对治疗肿瘤有着很好的疗效，对此深信不疑，就央求着魏青给他买野生甲鱼吃。魏青为满足孩子的要求，就从集市上买来野生甲鱼做给魏小青吃。魏小青吃起来，从来都是不管不顾的。平日里很体贴爸爸的一个孩子，做了手术之后，就像变了一个人。

魏青本来手头就不宽裕，单是给魏小青做手术就拉了一屁股的债，再加治疗和买野生甲鱼的开销，硬挺了一段时间就有些受不了。魏青十分清楚甲鱼能治疗肿瘤纯属胡扯，在这方面花再多的钱也是白花，便想以次充好，用养殖甲鱼代替野生甲鱼。可是魏小青的味蕾已被野生甲鱼的味道培养得相当敏感，养殖的甲鱼做出来，他一闻就知道，不但不吃，还对魏青说一些很刺耳的话。有一次，竟然把盛甲鱼汤的盆子都摔了。魏青理解孩子对生的渴望，对死亡的恐惧，只好背着魏小青偷偷地流泪。

现在，魏小青走了，给魏青留下了巨大的伤痛和无尽的思念，也留下了小山一样耸立着的债务。魏青思虑再三，便利用周六的时间到河里捉只甲鱼，周日的早晨卖掉，以此增加一点儿经济收入，来偿还亲戚朋友的借款。

魏青摸清了价格，就溜达着选定了这棵歪着脖子，看上去有些很不服气的大柳树，将摩托车倚在树干上，把那个性情温顺的雌性甲鱼摆了出来，就等着那些挂着一脸傲气的买主过来交易。

魏青天生不是个做买卖的材料，看到别人嘴巴抹蜜，脸上堆笑地招揽生意，身上就起鸡皮疙瘩，心里硌碜得慌。他蹲在老柳树下，抽着烟，守着那个甲鱼，像一尊笼着雾气的雕塑。就是有人站到了摊前，他也不会主动地打个招呼。魏青的摊子，也有几个人光顾过，但基本上都是站站，看个一眼两眼的，也就走了。

太阳映在河面上，如一根红彤彤的大蜡烛。波光盈动，那蜡烛跳跃着火苗，把扶淇河的水面镀了一层金箔色。魏青看到有些人已开始拾掇摊子，知道露水集已基本趋于尾声。魏青看看手表，也觉得应该回家吃点早饭去厂子里加班了。这时，从右边走过来一个中年男人，梳着光光的头发，刚刮的胡子露着青青的胡子茬儿，从头到脚拾掇得很规整。男人蹲在甲鱼的跟前，弯着食指戳了戳甲鱼盖。那甲鱼正探出头来小心翼翼地观望，突然受到那男人的敲击，倏然缩回了头颅，静静地卧在那里如一摊新鲜的牛屎。

男人说："这家伙多钱？"

魏青说："二百八。"

男人说："人家都是一百八，你也太离谱了吧？"

魏青说："我这是野生的，那些都是养殖的。"

男人把甲鱼拿起来正反地看，看了好一会儿说："这不差不多？"

魏青说："我看着你这位大哥方头大脸的，浑身上下捯饬得也挺利索。看着跟个中央的大干部差不多，可实际上呢，就不是一回事嘛！"

那男人听了，将拿在手里的甲鱼用力地掼在地上，正要朝着魏青发火。

这时，一个女人有些嗔怪地说："你看你，都把它摔疼了，关个甲鱼什么事啊？"

魏青抬起头来，打量了一眼女人。这女人应该在四十二三岁的年纪，剪着不对称的短发。好看的身子穿着一件长袖宝蓝色印花连衣裙。脚上穿着一双半高筒的靴子。脸和脖颈是那种长期室内工作养出来的象牙白。

女人这么一说，那男人气哼哼地站起来，看了一眼魏青，又看了一眼女人，转身愤愤地走了。女人看到男人走了，浅浅地笑了笑。那一笑，魏青却觉得从她淡定的眼神里，透出了一丝一闪即逝的忧伤。那女人看着那个趴在地上的甲鱼说："这人明明不懂，还瞎说。我买了！"魏青不敢相信一个女人，会这般痛快。他竟然傻傻地问，"你不讲价？"女人说："长这么大，不容易。这不是个价格的事儿。"

　　魏青第二次赶这个露水集是在第二个周日，他仍然找到了那棵歪脖子大柳树，也是将摩托车倚靠在树干上。不过，这次魏青没有蹲着，而是倚在柳树的另一侧。春天的脚步像脚底上抹了油，溜得贼快。仅仅过了一周，原来柳丝上串串麦粒状的嫩芽儿，已绽放出毛茸茸的小叶和蜂蛹般的柳枣儿。暖风轻拂，飘来荡去的，像少妇甩动着秀丽的长发。

　　魏青点了一支哈德门，无聊地抽着，丝丝缕缕的烟雾在鹅黄的柳丝间缠绕，轻飘飘的，像一幅烟雨水墨。这时魏青忽然看见那个女人，穿了一身收腰蓝条纹连衣裙朝自己这边走来。魏青不知怎的，心里就不经意地颤了一下，忙把手中的烟头捻在歪脖子柳树上掐灭。那女人走过来，婷婷地站在魏青面前，似乎有些抱怨地说："我在这个集上整整找了你一个礼拜，还以为你不来了呢。"

魏青说："我只是礼拜天来。"

女人说："其他日子捉不到甲鱼？"

魏青说："也不是，如果想捉，几乎天天都能捉到。"

女人说："我知道了，你只是业余捞点儿外快。"

魏青说："是，不过也不是。"

女人笑着说："那你是和钱有仇？为什么不多捉一些呢？"

魏青本来是个闷葫芦，不知怎的，他却愿意和这个女人多说一些话。他也不是有那方面的意思，怎么可能呢？看得出来，自己跟人家根本就不是一个档次。但他心里就有一种别样的感觉，到底是什么样的感觉，真的也说不出来。魏青不知道为什么，决定把他和老鳖精的故事说给她听。

魏小青三两天就要吃一只野生甲鱼。有时候，魏青四周八面的集市都买遍了，就是买不到野生的，养殖的魏小青又不吃，只好到处打听。终于有一天，魏青打听到有个外号叫老鳖精的老头，专门捕捉野生甲鱼。

那是一个阴沉沉的上午，魏青按照那位朋友说的路径，在潍河上游一片幽暗的杨树林里找到了老鳖精。老鳖精住着一间低矮的护林房，没有院子。屋檐下挂了一串辣椒、一串蘑菇和一挂渔网。门口的东侧堆着一些杂乱的酒瓶子。门没有关，半敞开着。整间屋子看上去，仿佛是张着口正在打鼾的一个老人。

魏青探头看了看屋内，一盘小炕，炕上一卷铺盖。靠北墙一个方形小桌子，泛着包浆的光亮，无奈地蹲在那里。桌子的一边安着两个马扎子。什么都在，屋子里却没有一个喘气的活物。魏青断定这人不会走远，便走进屋里，在马扎子上坐了，点上一支烟静静地等。

不多时，便听到有踢踢踏踏的脚步声，魏青便站起来迎。从门口进来一个瘦老头，仿佛是用钢筋焊接而成的，光着黝黑的脊背，肋骨一根一根清晰可数，下身穿一条黑色的短裤，脚上趿拉着一双蓝色的塑料拖鞋。看见魏青站在屋子里，微笑着点了点头说："不知道来了客，怠慢了。"

魏青说："你就是？"

瘦老头说："我就是老鳖精，有事？"

魏青说："我想买只甲鱼。"

瘦老头说："坐吧，我已经不干这营生了。"

魏青一听急了，问："为什么？"

瘦老头说："不干了就是不干了。"

魏青说："可是，我得要啊。这好不容易找到您，要不是为了孩子，我也不会跑这么远来。"魏青就把魏小青前前后后的治病过程说给老鳖精听。并且，还把魏小青住院的照片从手机里翻出来让老鳖精看。

老鳖精看了照片，闷了一半天说："可怜天下父母心啊，我的心也是肉长的。你不知道，我前些日子，碰到一件怪事儿。"

老鳖精说，他的肚腹壮实，好喝那么两口。不管是天上飞的，地上跑的，水里游的，只要被他逮住，就会变成下酒美肴。那天天气热得好像碰上一点儿火星就能燃烧，老鳖精闷得坐不住，就到林子里转转，走着走着就看见一条鸡肠子蛇，这家伙见了他就没命地跑。老鳖精想，你见了我还想跑？就跟着追，追了好长的路，累得他气喘吁吁，好不容易捉住了它。老鳖精提着尾巴抖了几抖，那蛇就没什么能耐了。

回到屋里，老鳖精累得筋疲力尽，也没顾得上扒皮开膛，气哼哼地把蛇向锅里一扔，舀上水，盖上盖顶，盖顶上压上了个汤盆，生上火煮了起来。过了一会儿，就闻到了扑鼻的香气。心想，可以就着蛇肉美美地喝上一壶了。待揭起盖顶一看，当时就把他惊呆了。那条蛇直直地站在锅里，嘴里还衔着从锅盖顶上咬下来的一块秫秸篾子。从此，老鳖精发了毒誓，不再做杀生的营生。

老鳖精讲完，看着魏青说："你今天可是给我出了个难题啊，孩子得了这样的病症，求到我这里，这可怎么办？"

魏青抖着手给老鳖精敬一支哈德门，点了火，说："这事无论如何您得帮我啊，求求您了。"

老鳖精连抽了几口烟，全咽到了肚子里。将剩下的小半截在地上摁灭，看着魏青说："这样吧，我教给你捉鳖的法子，你自己去捉吧。但是，你必须向我保证，一是这法子不再传给别人，二是要有个尺寸，不要过了度。"魏青的眼泪唰地淌了下来，扑通给老鳖精跪下，咚咚咚磕了三个响头。

　　魏青给那女人讲他和老鳖精的故事时，他没有说这是发生在自己身上的事，而是很蹩脚地谎称，这是发生在他的朋友身上的事。那女人听了，脸色很凝重，叹了口气说："所以，你每周只捉一只甲鱼？"魏青点了点头。女人说："你的甲鱼，我都买。"魏青说："我给你留着。"之后，魏青每个周日的清早，就将捉到的甲鱼拿来等着那个女人。那个女人也从来没有食言，每周日的早晨，必来收购魏青的甲鱼。

　　他们这样交易了一年多，其间，魏青觉得那女人把自己的甲鱼全都包了，心里感激，曾经把自己家里种植的头刀嫩韭，头茬香椿，夏天晚上到树林里捉的知了龟，以及大田里的新鲜棒子，弄一些捎给那女人。魏青知道，这些东西庄户人家不拿它当个什么，城里人却稀罕这个。那女人都是很高兴地收了，说一大串感谢的话，谢得魏青都有点儿不好意思。但是，那女人往往隔不了多长时间，就会送给魏青点什么，或是一饼普洱，或是两盒好烟，有时是两瓶白酒。魏青知道，那是人家在还礼呢，反而就把魏青弄得真的不好意思了。按说交往到这个份上，应当算得上是朋友了，由于魏青口拙，直到现在都没问过那女人的名字；而那女人，或许是因为矜持，也没有问过魏青的名字。当然，魏青也不是个木头心子，他也曾经多次地揣摩那个女人的身世，从她的衣着言谈看，那女人应当具有较高的文化修养，家庭条件应当也是挺不错的。这样一个女人，买那么多的甲鱼，又是干什么呢？饭店的老板会经常买甲鱼，但他们很能砍价。那女人肯定不是。有些人买甲鱼是送礼，那也不可能每周必买，还都是要野生的。魏青曾想，这个女人或许也和自己一样，家里有个病人，或许是父母，抑或是姊妹，也许是孩子。魏青曾经多次想问一问她，话到嘴边了，又都生生地咽了回去，生怕一问就戳到了人家的痛处。有好几次，魏青想向这个女人要个电话号码，如果她愿意，魏青可以直接给她送过去。话也都是到嘴边了，魏青又想，如果人家需要送，肯定早就说了。既然人家没有提出来，就说明不需要。甚至，人家还有一些忌讳的事情怕着你呢。提出来，人家给回绝了，反而尴尬得很。

现在的问题是，那女人已经三周没来取甲鱼了。魏青思前想后，觉得她绝对不是一个言而无信的人。再者，这一年多，自己的甲鱼都是那女人要了，就凭这，人家也是对自己有恩呢，不要说等三个周日，就是等再多，也是应该的。于是魏青就下了决心等。

又过了一段时间，魏青忽然发现那个女人终于出现了。她穿了一身黑色的连衣裙，似乎瘦了很多。她走得很慢，身子轻得像一张纸，风儿一吹就要飘起来了。她走到魏青面前，凄然一笑说："很对不住你，这么多日子没来告诉一声。今后，这甲鱼我不再要了。"魏青点了点头。那女人又说："耽误了你的生意，实在是没办法。"魏青说："没事，你这不跟我说了嘛。"那女人说："不过，我还有一事求你，不知道你能不能答应我？"魏青说："你只管说。"那女人说："实话跟你说，我原来买的甲鱼，都是为了我的孩子。她得了那样的病症，看遍了全国的大医院，一直得不到好转。后来别人劝我信佛，我就信了。买了你的那些甲鱼，全都放了生。就是这样，也没留住她的命，她还是走了。"

魏青听了，心就颤了一下，想起了魏小青走的时候，躺在床上，脸憋得紫青，喘着粗气对魏青说："爸爸，我喘不动气，你把窗子和屋门都敞开，多放些空气进来。"魏青流着泪打开了所有的窗子和门。魏小青又喘着粗气说："爸爸，还是喘不动气，你抱我到天井里吧，那里的空气多。"魏青就抱着魏小青到了院子里转着圈走，一直转着圈走，直到魏小青没了脉搏。

魏青想到这里叹了口气，心里酸酸地看着也是失去了孩子的女人。女人轻轻摇了摇头，看着魏青说："不过，说真的，我不后悔，真的不后悔。我知道你捉甲鱼很有一套。我想问你，只要那个地方有甲鱼，你就一定能捉到，是吧？"魏青说："是。"那女人说："我想领你去涓河，那是我放生的地方。你把我放生的甲鱼找出来我看看，只要它们还活着，我想我的孩子，也就还活着。不过她是活在另一个世界里。"魏青说："甲鱼我肯定能给你捉到，可是，就是捉到了，你也不一定会认得那就是你放生的。"女人眼里盈满了泪水，说："我都认得。我是一个文身师，我放生的甲鱼，都在它的背上刺了一个靛蓝的"卍"字。"魏青的心似乎被揪了起来，隐隐地痛。他看着那女人说："下个周六清早，我在这里等你。"

女人走后，魏青骑上摩托车来到南湖。他把那个盛着甲鱼的蛇皮袋子从车上拎下来，提着走下湖堤。越靠近水面，那只甲鱼可能感受到了越来越重的水汽，便在蛇皮袋子里不停地躁动。待到临近水面，那甲鱼似乎已经感觉到了那片辽阔的水域就在眼前，唰唰啦啦地躁动得更加厉害，似乎就要冲破袋子钻出来。魏青将蛇皮袋子放在地上，忙敞开袋口，将甲鱼放了出来。那甲鱼一着地，四个爪子便一起快速地摆动着，拼命地向着水面奔去，待到临近水面，竟然一跃像一架黑色的隐形战机滑翔着一头扎进了水里，水中盘子大的一团黑影划出一道暗线，倏然消失得无影无踪。魏青想，这只受了惊吓的甲鱼，肯定拼了命逃出了很远。这时，他突然发现在离他四五米远的地方，露出了一个杏子大的黑点向着自己看了看，没入了水面。少顷，那黑点又露出水面，再向着自己看。魏青说："走吧，快走吧，还看什么？"这时，那只甲鱼哗啦一声重重地翻了一个波浪，荡起一片水花，极快地向着远方游去。

魏青不见了甲鱼的踪影,回过头来向着湖堤走去。他一抬头，看到那女人正站在堤坝上默默地看着自己。风儿从湖面徐徐飘来，裹挟着凉凉的水汽从魏青身上抚过，魏青忽然感到有一种不可名状的愉悦从心头慢慢泛起，他加快了脚步向着湖堤走去。湖堤上方的天空新鲜地蓝着，缀着大团大团的白云，仿佛被碧绿清澈的湖水刚刚洗过。

🏠 家宴

退休闲在家里，老想一些老友和老事儿。这些日子就一直想到我驻村时的房东姜不辣大哥家里叙叙。正好儿子带回了一提老白干，六十七度，开瓶满屋香，喝一口齁辣一直热到脚大拇趾头，一辈子忘不了。姜不辣酷爱杯中之物，最好是"闷倒驴"的，肯定合他的意。

我提上酒，叫了辆出租车。

驻村的时候，姜不辣在村里干治安主任，是个闲职。人挺实在，就是有点儿黏糊。平日里好喝那么两口，一般情况下喝半斤，高兴时也能喝一斤。他是喝慢酒的，往往是他家嫂子割一块羊肉，煮一锅汤。凉了热，热了凉，如果没什么事能从中午一直喝到日头西。姜不辣喝酒都是叫上我，我也愿意和他凑伙。我的酒量没有他壮，好在他也不劝，喝多喝少全由着我，我也就没有喝得昏天黑地过。酒后，姜不辣就用儿子姜苗用过的本子纸卷喇叭烟抽，一支接一支，一口整齐的牙齿熏得乌紫乌紫的，一张口像含了满嘴豆瓣酱。嫂子是顶好的脾气，得着姜不辣摆摆，总是喜滋滋的。

隔个半月二十天，我们也有喝高的时候，姜不辣就用筷子敲着碗唱。姜嫂不但不厌烦，往往也都是跟着嗨几句。姜嫂嗨得真好听，字正腔圆，甩出的尾音透着光亮，扫得人心里怪痒痒。我一听就知道嫂子有些道行，一问果然不是个善茬儿，人家是七里河村的台柱子。

七里河村有个草台子戏班，姜嫂绝对是主角。唱《红灯记》她演李铁梅，唱《沙家浜》她演阿庆嫂，唱《龙江颂》她演江水英。后来村里又排了《杜鹃山》，偏偏支书老龚的二姨子哭着嚷着要演个主角。老龚老婆疼妹妹，对老龚说："你连个草台班子都说了不算，还当什么支书？"老龚心想也是，就憋了一肚子火，找了姜不辣。姜不辣对老龚拍着胸脯说："这事你就甭管了。"

姜不辣回家和老婆发了火，冲着自己的瘦脸"啪啪啪"狠抽了几个耳刮子。姜嫂说："你就这点出息？我把柯湘让给她，就怕她演不了！"姜不辣听了老婆的话，也没顾得腮帮子上的红指印还没褪去，就跑去和老龚报了喜。没想到演出的时候，老龚二姨子上台一亮相，直愣愣的像杵着一根木头，很不在样儿。台下的人嗷嗷地起哄，还一个劲儿地喊姜嫂的名字，老龚的二姨子就捂着脸哭着跑下了台。姜嫂再披挂上阵，台下的观众都直勾了眼看，鸦雀无声。

这些都是支书老龚后来跟我说的，说这些是为了提醒我，姜嫂很厉害，有些事让我当心着点儿。其实，我住过去，嫂子却是极好的。说话是直了点，但都是不笑不说话。家里的好东西也舍得给我吃。有时我的衣服掉了个扣子或者裂上道口子什么的，嫂子也不管脏不脏，就主动要过去给我缝补。也有的时候，衣服脏了，换下来没来得及洗，嫂子都是不声不响地给洗得干干净净，叠得板板正正，放在枕头底下压着。偶尔口袋里有一点儿零钱忘记拿出来，嫂子也都是一分不少地放在我的枕头边的席底下。

在姜不辣大哥家住了一年多，感情笃深，临走流了泪。回城后，头几年每年都去个一次两次的，再后来去得就少了。记得最后一次是七年前的事了。

那是一个秋高气爽的上午，我到八里坪镇政府办完了事路过七里河，就买了箱老白汾顺便看看姜不辣大哥和嫂子。那时姜不辣已是六十出头的人了，腰不弯，背不驼，一头墨黑的短发发着绸缎般的光泽，一口酱色的牙齿生铁一般坚固。尽管喝酒喝得有些红鼻头，脸色却是泛着油油的红光。姜不辣攥着我的手，一定让吃了饭再走。他说，他那在北京工作的儿子姜苗给带回来两瓶钓鱼台，把老龚也叫过来，弟兄三个撒个欢儿，把那两瓶酒撮出来。我觉得盛情难却，就留了下来。他打了老龚的电话，不多时老龚也来了。老龚还是他那老脾气，把我的手握得生疼还一直不撒手。

　　嫂子像变魔术般搞了一桌子菜，很丰盛。三个人坐在炕上围着矮桌喝酒、吃菜、侃大山。老龚落选后，就拾起了老本行继续当了木匠。他说，现在大城市的人都很任性，住着高楼，偏偏还想着睡炕。前段时间，在青岛给人家打电炕。这年月打盘电炕比买张成品床都贵，先在地上布暖气电器管线，再在上面用方木、木板打，打完了还要请了人带着仪器测甲醛。其中，就碰到了一个烧包的，一盘炕里外都用的香樟木，放枕头的地方用了红豆杉，说是防癌。老龚一边打炕一边想，就是用红豆杉做间房子住着，到时候不是该死也还得死？那么盘破炕，我们都不喜睡了，你们还拿着当成宝贝了。

老龚显然是在炫耀自己在青岛见过世面。姜不辣听了，有些不屑地说："打盘电炕就叫任性？北京人养狗那才叫任性。我家姜苗在北京那个什么高科技单位负责操控卫星，他的顶头上司家里养了一只贵宾狗，浑身棕红，没有一根杂毛。一家人都拿那畜生当了孩子，招呼着呼爹叫娘的，比亲女儿还亲。有一天，上司的大小姐领着'贵宾'逛颐和园，一不小心丢了。大小姐不吃不喝哭得眼泪鼻涕地抹了一脸，也顾不上臭美了。上司看了心痛，就找到了我家姜苗，央求用卫星找找。上司和姜苗铁，没法拒绝，只好给找找。"说到这里，姜不辣有些神秘地说："哎，你们知道不？现在的卫星可了不得，往下一照，地面上的花花草草那个清楚啊，就甭说了。"我问："那'贵宾'最后找到了没有？"姜不辣说："当然找到了，正在假山后面和一个男'贵宾'亲嘴呢！"老龚这会儿就捂着肚子，笑得上气不接下气地说："不中了，不中了，得去尿尿。"

老姜家姜苗，确实是在一家与卫星相关的国企工作。但他肯定不是操控卫星，就是操控卫星，也不敢用来去找贵宾狗，只是个笑话而已。但这笑话一听就知道，姜不辣是在夸耀自己的儿子有本事。

姜不辣这么一说，我想起了住在他家里时姜苗的一些事情。

那是我带着铺盖卷刚住到姜不辣大哥家的第一天。支书老龚说:"咱村子穷,开不起伙房,庞同志的饭以后就到各个户里吃派饭。今天老姜先管,村里给补贴七块钱,多置办点菜,让班子成员一起来都认识认识。"姜嫂炒了六个菜,熬了一锅白菜猪肉大豆腐,一桌子人坐得齐刷刷的就等着开喝。这时,我看见一个小男孩,有五六岁的样子,白白净净,留着瓜皮碗子头,直直站在炕的东南墙脚的一床被子上,盯着桌子上的菜肴,眼里放着淡蓝色的光。我让他下来坐桌子边一起吃饭,他怯怯地看着我,一动不动也不说话。老姜说:"小孩子见到生人好奇,我们吃。"支书老龚说了几句场面话便开了喝。吃了一段时间,酒喝得差不多了,菜也没剩多少。我见盘子里的黄尖子鱼上面全吃完了,下面还没有吃,顺手就将一条翻了过来,准备扚了吃。这时一直站在墙脚被子上的孩子,哇的一声哭了,一边哭一边说:"娘啊,叔叔吃鱼的反面了。"我听到哭声,就一下将筷子收了回来,觉得很不是滋味儿。嫂子听到孩子哭,过来哄着把他领了出去。老姜也觉得很不得劲,就说:"这娃娃惯坏了,不懂事,不管他,不管他,吃,吃!"

过了几天问姜嫂知道,那天老龚给了她七块钱,说是置办点菜肴。姜嫂又从家里拿了一点儿,凑足了十块钱。到镇上买了菜,割了肉,称了大豆腐,口袋里的钱就不多了,将就着买了六条黄尖子鱼。回家煎了煎平摆在盘里,刚刚盖过盘底,勉强像那么一回事。姜苗看到母亲把鱼煎出来，伸出小手就要抓了吃。姜嫂怎么可能让他吃呢，就那么几条鱼，再吃了连盘底也盖不过来了，就说："你等等，吃饭的那些大伯叔叔们只吃正面，反面留给你吃。"姜苗听了娘的话，就爬到墙脚的被子上等着。姜嫂苦笑了笑说："兄弟也不怕你笑话，姜苗这孩子打在肚子里就爱吃黄尖子鱼。刚怀上他的时候，也不吐也不呕，也不馋酸也不吃辣，就特别想吃黄尖子鱼。可是家里哪有钱买啊，也就只好干馋着。有一天，姜不辣给村西一户人家盖屋，吃完饭回家，我闻到他身上一股子黄尖子鱼味，问他是不是吃的黄尖子鱼，姜不辣说是。我说真好闻，就拉着姜不辣坐到盛煎饼的盖垫边，就着姜不辣身上的黄尖子鱼味儿，一连吃了五个煎饼，算是过了黄尖子鱼的瘾了。"

这事听得我心里酸酸的。第二天，我到镇上买了两斤黄尖子鱼，让嫂子煎给姜苗吃。嫂子的眼里盈满了泪水。

那是住到姜大哥家两个多月的时候。一天中午，我刚从村里回来，洗了洗手正在看书。这时，村支书家龚嫂领着她的儿子进门就恶声恶气地说："你看看，你快看看，这都是恁家姜苗做的好事！"嫂子听到龚嫂在院子里吵吵，从饭屋里出来。我也放下书来到天井。一看，书记儿子龚小康的月白色的裤子上横横竖竖、宽窄不一地布满了黑杠杠。姜嫂看了惊讶地说："这是咋弄的？"龚小康低了头看着脚尖嘟囔道："我们在家里玩墨斗子，姜苗说，我的月白褂子可以改成方格的。他就抻着墨线在我褂子上弹，就成了这样子了。"姜嫂很生气。我却惊异孩子的想象力。

玩墨斗子这事过了没几天，一个凉风习习的下午，姜苗正在天井里弹玻璃球。胖胖的小手，跷着兰花指用小嘴哈了哈，对准球弹了过去，可能用力不够，弹动的玻璃球没有沾到另一颗球的边，挂了一脸的失意。我也替他惋惜，突然想跟他互动一下，就说："姜苗，姜苗，考你个问题好吗？"姜苗转动着乌黑的眼睛看了看我说："可以啊，那答对了有奖励吗？"我说："有啊，你想要什么奖励呢？"姜苗让我弯下腰，趴在我的耳朵上细声细气地说："答对了就给我一块钱吧，我想把它种在一个秘密的地方，让它长出好多好多的钱，我拿着随便地花。"我想，这孩子真有想法。就说："好啊！"姜苗就直着眼，盯着我等着出题。我说："听好了，一个篮球和七个乒乓球哪个大？"姜苗忽闪了忽闪大眼睛说："当然是篮球大了。"我又说："一个篮球和七个乒乓球，哪个多啊？"姜苗又忽闪了忽闪大眼睛说："当然是乒乓球多啊！"我爱抚地摸了摸姜苗的头说："这孩子不笨！"姜苗嘎嘎地笑了，说："叔叔，是你笨。现在谁还出这么简单的题啊？！"我尴尬地笑了。

老姜回到家里一边听我们的故事，一边骄傲地看着东墙上斑斑驳驳的奖状，脸上露出骄傲的微笑。我说："你家'老大'肯定出息个人物。"老姜听了，眼里似乎放出了得意的光芒。

我一路想着，不觉到了村头，下了出租车，直奔着老姜的院子去。进门发现姜不辣大哥正在往院中的铁丝上晾衣服，我一眼就发现他竟苍老了很多，一件半旧的灰色衬衫裹在单薄的身上，土黄的长脸上顶着一层东倒西歪的白发，整个人看去仿佛是一块随意扔掉的陈旧抹布，暗淡无光。如果不是知道这个家，几乎是不敢相认的了。寒暄了几句，老姜便热情地将我让到了客厅的沙发上。交谈中我发现姜不辣大哥原来那酱色的牙齿，竟然变得洁白无瑕。我想他或许是洗牙了。

过了一会儿，姜不辣要通了老龚的手机，说："老庞过来了，快过来一起坐坐。"老龚在那头说："让老庞接电话。"我接过电话，老龚说这次无论如何也要我过去，在他那里吃饭，听上去绝对没有商量的余地。

老龚家嫂子一手好厨艺，叮叮当当、吱吱啦啦一通乱响，四个香喷喷的炒菜就上了桌子。一两二钱五的酒杯，老龚给每人满上，然后端起酒杯说："时间过得真快，当年庞局长在我们村驻村时还是一个前途无量的青年干部，这一眨眼都白了头发老了人咧，说退就退了。这第一杯酒，就祝庞局光荣退休。"

我便随口说："谢谢！"三个人杯子叮当一响，都底朝了天。

接着老龚又斟满酒说："庞老弟，人有上坡就有下坡。退了没事就多到村里来聚聚，喝壶小酒，说说闲话，这后半生一眨眼也就过去了。只要有个硬朗身子骨，比什么都好啊！来我再敬一杯，祝各位身体健康！"老龚这一说，我心里又酸酸的，看来就真的老了，没想到这一生就这样碌碌无为地走了过来。嘴上便不淡不咸地又应了句谢谢，三个人一饮而尽。

到了房东姜大哥敬酒，他抖抖索索地端起酒杯，神情忧郁地说："老弟啊，什么这个那个……还是这壶中日月长啊！来，干！"随后就一仰脖子干了，待低下头来脸上却淌了两行浑浊的泪水。我正诧异姜不辣大哥这豪放的举动，似乎不是他的做派。老龚忙说："干了！干了！"我和老龚碰了一下，一仰脖子也干了。我不知道姜不辣大哥为什么流泪，为了缓和一下气氛，我想起了驻村时席间一高兴就会敲盆子打碗地唱起来。就说："我们不说这些了，我唱个小曲给弟兄们听吧。"老龚附和着说："唱个小曲，活跃活跃。"老龚把吃饭的一双筷子用手撸了撸，一根垂直地按在大腿上，左手大拇指压在筷子的顶端，做了京胡的琴杆；另一根筷子夹在左手中指和无名指之间，承当了琴弓。然后挖挲了食指和无名指，就成了京胡的两个琴轴。我顺手拿起一个碟子，用左手的五个指头托了底儿，右手三个指头捉了筷子中间，盯着老龚说："调调弦儿？"老龚说："调调！"老龚先攥着食指一拧，嘴里"吱儿"的一声，又将中指攥着一拧，嘴里"吱儿"的一声。接着操了中指和无名指夹着的那根筷子来回地拉，嘴里发着"1——5——，1——5——"的声音。我用筷子敲着碟子，碟子发出"叮当——叮当"的和音。这架势，驻村时不知道演练过多少遍，这次再演练却格外亲切。我和老龚"1——5、叮——当"地调了几次弦，便问老龚："调好了？"老龚说："调好了。"我说："唱个什么呢？唱个《大实话》吧！"老龚说："好，就唱它。"我闭了眼，拿筷子敲了碟子，嗨着破锣嗓子唱：

　　打石板，

　　说实话，

　　孙子总没爷爷大，

　　杆草总没秫秸长，

　　胡子长在嘴唇上。

　　夏天热，

　　冬天凉，

　　鞋破总比没有强。

　　都说养儿为防老，

　　有儿未必不凄凉。

......

我借着酒兴正在自我陶醉地唱着，姜不辣却"哇"的一声号哭了，哭声如老驴嚎叫，震得窗扇的玻璃瑟瑟抖动。我心头一颤便止住了唱，像做错了什么事似的看着他。姜不辣见我停住了唱，也止住了哭声，抹了把眼泪说："不好意思，喝高了，出洋相了。你们喝着，我回家了。"说完爬起来晃晃悠悠地走了。我和老龚等便站起来送，到了天井，却发现姜不辣家嫂子不知什么时候也过来了，正佝偻着身子一边给姜不辣拭泪，一边搀扶着他蹒跚着向大门口走去。

送走了姜不辣回到屋里，老龚叹了口气说："兄弟，你不知道，他两口子心里苦啊！他家姜苗回来向老两口子要钱买房子，如果拿不出二百万，他那儿媳妇就要和姜苗拜拜。姜苗说，媳妇拜拜了，他也和父母拜拜。"

我心里一惊，忙问，"怎么会这样呢？姜大哥到哪去弄这二百万呢？"

龚嫂说："老姜给儿子借遍了亲戚朋友，也只是凑够了七十万，那一百三十万卖血卖肾也凑不够啊，愁得一夜白了头。没出一个月，一口好好的牙齿也全掉光了。那次我见到他嘴瘪瘪的凹陷着，简直就变了个人。现在镶了口牙，才又像他了。"

龚嫂说到这里，我终于明白姜大哥为什么有一口洁白的牙齿了。

龚嫂叹了口气，又絮絮叨叨地说："他家妹子，原来多好的一个人啊，又开朗又善良。现在整夜整夜地睡不着觉，人都瘦得一把骨头，原来有腰有胯的身条子也弯成了一个虾皮子了。其实，她早就过来了，说是怕见你，就隔着门缝看，一看见你就流眼泪。我就在这屋里劝她，还没劝住她，老姜在这边就放了声咧。唉，你说这人啊！"

老龚虎着脸瞪了一眼老婆说："好了！好了！就你知道得多。我不是守着庞兄弟扁你，你啊净听村里人胡咧咧，他们知道个狗屁啊？姜苗那么好的工作，怎么会没钱买房子呢？"

我一口喝干了杯中酒，脑子里一片空白。

老龚似乎喝醉了，摇晃着头说："老弟啊，我老是纳闷儿，你说这日子过得有滋有味儿了，这人却怎么就没有人味儿了呢？"

我透过明亮的窗户，看到湛蓝湛蓝的天空上面，有几缕纱样白云虚幻地飘着，一动不动。我和老龚说："我喝高了，弄点儿饭吃吧。"

回家的路上，阳光肆无忌惮地泻下来，大地蒸腾着澎湃的热浪。树上飘散出扯连不断的蝉声，仿佛是我摆脱不了的耳鸣。路边树木快速闪动，被车速模糊成一段段苍白的剪影。我强压着汹涌的酒力，努力不让它从胃中喷薄而出。

我确切地知道我又喝醉了，回家老婆肯定会批判我。不管批判得多么严重，我决定一声不吭，包括姜不辣大哥借钱买房子的事，尽管我的心隐隐作痛。

心境

老蓝是个无趣的人。

在位子上的时候，打扑克，下象棋，搓麻将，老蓝认为都是世间俗事，从不沾手；挥毫泼墨，妙手丹青应算是世间雅事，他又没有半点儿能耐。好歹在酒场上待得久了，就有了一点点习惯——酷爱杯中之物，老婆却是阴着脸极力反对的。退休在家，与老婆抬头不见低头见，老蓝不愿看老婆的白眼，也只好把这多年的习惯给生生地废掉了。日子过得如此寡淡，老蓝想起了孩童时的那帮玩友，回老家去会会他们，应是放松心情的好去处。

老蓝回到老家，和小时的玩友凑到一起，他们说话是那种端起碗来吃肉，放下碗骂娘的，他觉得刺耳。而老蓝说话，人家又觉得他端着架子，高调，都不大愿意理这个茬儿。后来也只好不欢而散。

刚退的时候，微信有朋友不断地祝他光荣退休！那时老蓝还烦烦的，觉得聒噪。时间一长，手机里却连祝贺的信息也没有了，寂静得很。偶尔来个电话，老蓝心里高兴，一看往往是老婆或是女儿的，刚冒出来的那点兴奋的火苗也就熄了。而老婆和女儿又是无一例外地问老蓝在家里干什么。老蓝想，这根本就是闲扯淡，一个没事的人又能干什么呢。除了把所有的电视频道翻来覆去地浏览几遍，就是趴在阳台的窗户上，看外面大法桐树上的麻雀。麻雀也和人一样，有的好动，有的好静。好动的那些也各不一样，有的捉对扑棱着翅膀打闹，有的蹦上蹦下地自己寻乐，还有的在那里叽叽喳喳地搬弄是非。好静的那些却也是不一个静法，有的双双蹲在一隅，美美地温存着；有的孤独地微闭了眼睛故作深沉；也有的慵懒地缩着脖子打着盹儿。有时，忽然飞来两只花喜鹊，一树的麻雀便轰然而散。喜鹊似乎很有成就感，骄傲地站在树头高处，昂着头，撅着尾巴，喳喳、喳喳地叫唤个不停。老蓝很鄙夷它们那骄横张扬的样子。

今天，老婆去了老年舞蹈班，老蓝那调皮捣蛋的女儿休班在家。女儿看到老蓝一个姿势趴在阳台上呆呆地看了半天，便过来与老蓝搭讪："老爸，你不会出什么事吧？"老蓝故意吓她说："你说呢？"女儿说："我看不至于……"老蓝说："你说不至于……那也不一定不至于！"

女儿回到屋里，过了一会儿又回到了阳台，看老蓝仍然趴在那里，便说："老爸，我给你的手机下载个软件，叫'识花君'的，你打开它对着花草树木拍照，它就能识别出叫什么名字。它还能告诉你学名是什么，别名有几个，引种于哪里；分别是什么科，什么属，什么植物；有什么生长特性，开什么花，结什么果。可有意思了。"老蓝想，我这宝贝女儿知道疼老爸了，便爽快地把手机给了她。女儿鼓捣了一会儿，把手机还给老蓝，并教会了他使用程序。然后，说了声"拜拜"，便火烧火燎地出门了。

老蓝在家里把龙血兰、蟹爪兰、君子兰、绿萝、红掌、平安树等用"识花君"拍了个遍。正如女儿所说，里面的信息量很大，真的挺有意思。老蓝意犹未尽，可家里再无花草可拍。他忽然看到墙上挂着的鸡毛掸子，便心生一念，想考考"识花君"是否能识别鸡毛掸子的尊颜。便对准拍了下来，没想到"识花君"说是薹草，并煞有介事地做了一番介绍。老蓝觉得"识花君"

被耍了一把，便想再羞辱它一回。便用牙签摆了"你是个傻子"，然后郑重地拍了一下，等着看它的笑话。没想到"识花君"说：二十一世纪，人最重要的是素质。老蓝脸红了，心里酸酸的很不是滋味儿。

这时窗外传来喜鹊"喳喳喳、喳喳喳"的叫声，老蓝无好气地说："你叫个屁啊？你也是个玩嘴皮子的，比我好不了多少！"

风过荷塘

一

白银谋到了一个七里河村民羡慕的差使，都说幸亏有个当村干部的哥哥白金。

潍河在村子后面拐了一个慢弯，形如弓背。弓背这段约有七里之长，当地人却不叫它潍河，而是叫七里河，村子也因此叫七里河村。一九七七年冬，县里治理潍河，贴着弓背取直了河道，筑起了两条几十米高的堤坝，直愣愣地横在那里，堤坝外撇下了很大一片河滩。河滩到底有多大，谁也说不清。只知道雨水欢的时日，上面肥着稠稠的水草，也峁着一疙瘩一片的柳丛和芦苇；风儿一吹，绿色的火焰跳跃着，起起伏伏，波光流转，把人的心思都染绿了。有时，碧绿的水草间倏然飞起几只白鹭，"啪啪"地扇着白亮亮的翅膀，一半天飞不出河滩。

这年初春，几台推土机蚂蚁搬家般地在沙滩上拱，轰轰隆隆地闹了几十个日夜，筑起了四四方方的四片池塘，组成了一个一眼望不到边的"田"字。

"田"字状四片池塘，南边的两片，栽上了红、白两种荷花，北边两片放养了四个鼻孔的潍河鲤鱼，池塘的周边植上了密密匝匝的棉槐。在隔开四片池塘的"十"字堤坝中间，建了白墙红瓦的两间矮房，做了看塘屋子。

白金在村里当民兵连长，像这般职务，大事也捞不着说了算，只能是带个工，跑个腿，领着出个大力什么的。但不管怎么说，村里一些动向性的内部消息还是先于平头百姓知道的。白金得知村里决定挖池塘，便考虑到肯定要找人看塘，他就想到了弟弟白银。

白银是个罗锅腰，天生的，还是罗锅得很厉害的那种。

到了该上学的年龄了，父亲把他送进学校，报上名便回了家。一群孩子围成瓮似的看，看了一阵子，不知道哪个混账东西起头喊：天上有个弯弯佬儿，地上有个罗锅腰。围观的孩子跟着哄笑。白银哇的一声哭了，扒拉开人群跑回了家。父母看到白银哭得满脸眼泪鼻涕的样子，长长地叹了口气，心就碎了。知道这个儿子这辈子不会擒龙捉虎地闯社会了，也就没再让他去读书。

十五岁那年一个秋日的上午，父亲提着两斤散白酒，领着白银到了村西头的孙扁嘴家。白银给孙扁嘴磕了三个响头，便认他做了干爹。孙扁嘴是个老光棍子，自打年轻庄稼地里的活就弯不下腰，推车挑担的重活就更不用说了，整日里不是打蛤蟆就是钓蛙子，常常吊儿郎当地不务正业。村干部拿孙扁嘴没办法，安排他去了活儿最轻的副业队。副业队是村里能人聚堆的地方，有木匠、铁匠，也有编筐结篓的编活子。孙扁嘴人虽然散漫，但脑子不笨，在副业队里学了一手编筐结篓的好手艺，他编出来的物件那叫一个漂亮。可惜狗改不了吃屎，人家托付给他的活儿，往往是一拖再拖，直到该用的时节了，托编的物件连个影子也不见。时间长了，村里每当有人想找他编个提篮筐头的，就有人说，千万别倚着破鞋扎着脚，找他编，那得驴年马月才能用上？因此，满村人十分地看他不起，结果到老了也没娶上个女人。白银做孙扁嘴的干儿子主要是图他有门编筐结篓的手艺，认他做干爹，就等于拜了师父。实际上孙扁嘴的所谓手艺，村人是极鄙夷的，虽不能说是下三烂，但也好不到哪里去，根本称不上什么手艺。他们认为只有像木匠、铁匠、锡匠、白铁匠、泥瓦匠、骟匠、箍漏子，那才是手艺，依靠它可以养家糊口。能编筐结篓的人，在村里一抓一大把，只是编得好的少。人们都把编得好而又经常干这营生的人叫编活子。编活子，村人虽都看不上眼，但庄户人家谁也离不开它。春种、夏管、秋收、冬藏，样样农活都用得着提篮、架筐、花篓、粪篮、扁篓。就是屋内用的，也少不了笸箩、笊篱、白银的父母也知道编活子这门手艺村人看不上眼，但一个罗锅儿子又能做什么呢？

孙扁嘴得了白银这个干儿子，白日里领着采柳条、网鱼虾，晚上没事陪着拉个呱，做个伴，打发着寡淡的日子，倒也满心欢喜。而白银呢，尽管身有残疾，脸上长了一副憨相，可脑瓜儿活络，眼色也很跟趟。平日里给孙扁嘴暖茶倒水，捶肩松背，嘘寒问暖，倒把个老光棍子伺候得一百个满意。没几年工夫孙扁嘴便把一辈子练就的绝活，全吐给了白银。

村人都知道白银的编活手艺比干爹孙扁嘴要高出一截，他却没有另立炉灶。也有些人背后里来找他编物件的，白银都是推给师父，实际上，活儿还是白银干。后来，孙扁嘴也捉摸透了白银的心思，多次催他另立门户，单独接活儿，白银都以种种理由"赖"着不走。孙扁嘴便把收得的钱给白银一部分，钱多钱少，白银都是双手接纳。直到有一天，孙扁嘴和白银在河里捕鱼，一头栽倒在水里没起来，白银披麻戴孝葬了孙扁嘴，才算是正式当了编活子。

白银当编活子不要奸磨滑，不使小心眼儿，行起事来，还有那么一点儿点仗义疏财的豪气。像花篓、扁篓、架筐、提篮等属于编活中的大件，农田里经常用到，所用材料都是棉槐条子。棉槐条子硬，不听约束，白银不惜时间和力气，也不省工序，插接、弯折、编花、绑扎、捋直、敲实从不马虎，编出的大件密实、耐用、好看。同样的材料别人编了用五年，他编的用七年。像观赏和实用兼备的柳条儿提篮，他就极尽出巧，有双沿儿的，有单沿儿的，也有花沿儿的；有扁的，有圆的，也有椭圆的。件件龙睛虎眼，令人爱不释手。

村里不管谁家收了棉槐，采了细柳，就送来托白银编。而白银呢，就按照先来后到白天晚上地忙活。有时编着编着，张三或李四送来的材料不够了，白银就把自己的挑一些给补上。人家不问他也不说，人家问了，白银就说："正好，正好！"

找白银做编活的人，一般也不是白用，心里过意不去都会给他放下几个钱。白银就推让，推来让去，有的也就又收回了自己腰包；有的不收钱就变了脸，白银只好象征性地收一点儿。也有的人去拿编件，深谙白银的脾气，预先捎上一些鸡蛋、小米的给他，多也好少也罢，算是顶了工钱，白银反觉得好像欠了人家好多人情似的。村里也有那么几户人家，爱赚个小便宜，找白银编了物件，钱物都不放，只是说一串好话，白银也不计较。再送过活来，仍然无怨无悔地认真去做。

二

　　一天，白银正好从潍河里捉了一个二斤多重的王八，到白金家里显摆。白金二话没说，从白银手里拎了过来，装在一个化肥袋子里，提着到了支书家里。他跟支书说："我家白银是个残疾人，干不了重活，早晚都得五保户，倒不如让他去看塘，村里省得凑粮凑钱地补贴，也省下再派出个劳力。"炕前袋子里的王八一直在躁动，支书听到动静，看轮廓知道是个不小的家伙。便说："从决定挖塘的那天，他就考虑到了白银，全村没有比他再合适的。"

　　白银到了塘上，靠着西屋山用木棍石棉瓦支起了棚子。里面垒上了锅灶，安上了水缸，盛上了柴火，做了灶房。房前用木棍架起了凉棚，顺着凉棚的立杆栽了两棵南瓜。

几场暖风细雨过后，天热得晒煞蚂蚁。池塘里有了一番好景致，荷叶叠翠，繁花如星，鱼儿跳跃，银光点点。凉棚上的南瓜爬满了架子，碧沉沉的叶子挨肩搭背挤在一起，点缀着一朵朵像裂口的铜喇叭般的花儿，直晃人眼；纵横交错的叶蔓间，冷不丁吊下一个青黑的长颈瓶样的南瓜，不小心就撞着人的脑袋。

白银给村里看了池塘，这可真是个清闲差使，如果愿意，是可以睡扁了头的。然而，他却一点儿也没闲着。他似乎就是春天的一片花儿，老是引来一群一群的蜜蜂。他没看塘的时候，人们把棉槐条、柳条送到家里；看了塘，人们就送到了塘上。白银也还像过去一样，白天忙了晚上忙。至于报酬，因为有了村里的一份看塘的固定收入，似乎比先前更不在乎了。

闲暇里，白银就到河里捕鱼，捕获了便养在鱼塘里一个地笼里。村人有求，就从地笼里捉一条拿去。但是，池塘里的鱼不论是谁，一条也不准动。每当有些人提出歪想法，想打公家的主意，他总是锅着腰笑着说："要公私分明，要公私分明！"有歪想法的人，也只好作罢。

白银看塘到第六个年头的时候，上边要求所有村办企业、副业、荒山、河滩全部承包给个人经营，村委会贴出了池塘竞包告示。很多人凑在公示栏前看，都知道承包鱼塘肯定有油水。但又碍于白银平日里为人太好，和他竞争很不好意思。就说："我们身强力壮的，怎么好和一个残疾人去挣饭吃呢？"再加上白金在背后里找村支书斡旋，最后，自然是白银承包了池塘。

承包了池塘之后，白银越发感恩村人。编活的事自然不用说，就连过来买鱼的，只要是买个一条两条的，也都是从来不收钱。

三

麦收后的一天，村里传开了一个消息，说白银的看塘小屋里藏着一位貌若天仙的女人，这女人还似乎来路不明。

最初传出这个消息的是喇叭筒。喇叭筒姓高名天，身高一米五六，是村里公认的一等残废（村里人把男人身高不足一米七零的叫做三等残废，不足一米六五的叫做二等残废，低于一米六零的叫做一等残废），人虽矮，却起高腔。七十年代初期，村里没有高音喇叭，都是用杉木杆子搭一个十几米高的喊话台，让声音高的人，拿了铁皮打的喇叭筒，喊开会通知啦，来了盲人宣传队晚上在什么地方演出什么的。村干部就利用高天的长处，让他爬上台子喊话。高天往往是站在高高的台子上，仰着头，鼓着肚，直着嗓子哇哇喊，各家各户听得一清二楚。喊话次数多了，日子久了，就得了个喇叭筒的外号，高天这个名字却少有人叫了。

喇叭筒因为是个"一等残废"，又没有特别的能耐，就和白银一起进了七里河的光棍队。尽管喇叭筒比白银年长了十几岁，并且按亲戚论起来白银还应当叫他表叔，但是，由于"同病相怜"，喇叭筒还是有事没事常到看塘屋子坐坐。有时白银也做上个水煮鱼，两个人喝上几两小酒儿，有一搭没一搭地扯半天淡。

这天，喇叭筒的妹夫过来出新麦子门，喇叭筒到塘上买鱼招待妹夫。他环视了池塘一圈，没见白银的影子，料定在小屋子里，便推开房门一步闯了进去。没想到迎面看见一个荷花仙子般的姑娘，正在做饭呢。姑娘一见喇叭筒，扑哧一声笑了，说："你肯定就是喇叭筒表叔了"。喇叭筒一惊，心想白银这看塘屋子啥时候冒出个这般俊俏的姑娘呢？还素不相识的，竟喊出了自己的鬼名字。但喇叭筒毕竟是见过世面，定了定神说："你怎么知道是我？"姑娘却笑着答非所问，鱼早在地笼里，用草绳拴着，提了就是，不收钱。喇叭筒又和姑娘说了一会儿话，也没问出个子丑寅卯来，只好提着鱼颤颤地走了。

路上正好碰见了白银，提着一块猪肉，锅着腰急急地走。

喇叭筒站住问道："看走得猴急的样子，屋子里有心事吗？"

白银咧着嘴笑了笑说："你也踩了风火轮，急着回去招待表姑夫吧？路上撞见他过来出新麦子门，知道你要捉条鱼的，就给你预备了一条。没收你钱吧？"

"没呢，光白吃你，倒不好意思来塘上了。"

"两大池子鱼，你才吃几条。"

"那姑娘是你的亲戚还是朋友？"

白银摇了摇头。

"那女孩叫什么名字？"

白银忽地红了脸，又摇了摇头。

"她不至于是什么田螺姑娘之类的神仙吧？"

"这都啥年月了？亏你想得出！"白银说，"我还有事呢，回了啊！"

喇叭筒陪着妹夫喝了一瓶火辣辣的老白干，兴许是六十多度的烈酒兴奋了神经，也许是白银屋里的姑娘过于神秘，让他有一种不吐不快的感觉。于是，就有点儿管不住自己的腿，竟溜达到了街上，并逢人便讲，说白银的看塘小屋里藏着一位来路不明的姑娘，长得天仙一般漂亮。同时他还加上了自己的猜测和想象，说那姑娘说不定就是四个鼻孔的潍河鲤鱼精变的。听的人笑着摇头，表现出很不屑的神情。喇叭筒竟有些急，摆出了似乎十分确凿的证据：首先是凡人根本不可能那样漂亮，一看就带着股子仙气；其次是这姑娘来路不明，不知道是哪里人，也不知道叫什么名字；再是这姑娘一笑有一对小酒窝，那对小酒窝能牵人魂儿，绝对不是一般的酒窝。肯定是四个鼻孔的潍河鲤鱼变的。四个鼻孔一对做了鼻子的鼻孔，那一对没地方安排，就变成了酒窝。听的人肯定更不相信，喇叭筒就举例子说："当年齐天大圣孙悟空被杨戬杨二郎追急了，变成了座破庙，猴子尾巴没地方安排，就在庙后边做了一根旗杆。旗杆哪有在后边的？杨二郎看出破绽，作势要用三尖两刃刀捅破庙的窗户，窗户是孙猴子的眼睛啊，孙猴子知道被杨戬识破，只好又恢复了原形，翻一个筋斗逃跑了。你想那样一对酒窝，和庙后的一根旗杆，难道不是一样的道理吗？"

村里人听了着实吃惊不小，于是，一些好事的人便打着买鱼或者看荷花的幌子，前往池塘一探究竟。据从池塘回来的人，尤其是一些老娘们小媳妇说，不但见了那姑娘，并且还有一些对话和交流。她们说，白银的看塘屋子里确实有一个荷花一样漂亮的姑娘。这位姑娘一问三不知，什么有价值的话也套不出来。于是有些人说，白银承包池塘有钱了，可能是从外面买来的媳妇。也有些人说，人啊，有钱就变坏，看白银那惶惶的神情，说不定是从外面骗来的。还有一些人说，那姑娘走迷了路，阴差阳错地走到了这池塘，恋着满塘的荷花，就住在这里，白银赶也赶不走了。这后种说法显然更不靠谱。

白银和漂亮女人的话题，在村里沸沸扬扬地传了十多天，就有一个人站出来说了一番话。此话一出，就像翻着浪头的开水锅，哗地倒上了一瓢凉水，村子里马上归于平静。

这个人是村医,他说,本来白银一再嘱咐不要把这事说出去，现在看，不说也不行。各人嘴上也没个把门儿的，说人话的少，胡咧咧的多，越传越邪乎。倒不如把这事说破，让大家弄个明白。

白银有个习惯，晚上没事好拿着捕鱼的家什到河边走走，高兴了就下下网，捉几条鱼。这天晚上没捕到几条鱼，便收了网往塘上返，听到前面不远处，坝坡上的树丛里有窸窸窣窣的响声，就喊了声，没有回音。他站到坝沿望去，看见树上一条白带吊着一个女人。白银慌忙把她解下来，背着跑到了诊所说："三叔，快救救她。"村医把人接下来，一看是个姑娘，脸色青灰青灰的。便急忙把了把脉，给她做了人工呼吸等一些急救措施，这姑娘就活了过来。又观察了一会儿，确诊没事，就帮着白银把姑娘送到了看塘小屋。第二天，不放心，又过去看，姑娘已全部恢复了神智，可惜已是失忆。因为姑娘住址、姓名全部忘记，就只好暂住在他的小屋子里。村医说："待姑娘恢复了记忆，肯定是要走的，那么漂亮一个姑娘，怎么会看上罗锅子白银呢？"

听的人就轻轻地一声叹息，也不知道叹的是姑娘还是白银。

四

几天以来，姑娘没什么事，人生地不熟的又没处走，就拎个马扎子坐在一边看白银编柳条提篮。这天早饭后，白银又在编，姑娘就又坐在一边看，看了一会儿说："白大哥，你给我起个名字吧，也不能老是打哈哈着叫我啊。"白银正在捏着柳条儿编花，白白的柳条柔软而又细腻，随口说道："就叫白柳吧。"姑娘听了很高兴，说："好，就叫白柳，这样我就是你的妹妹了。以后妹妹替你做饭、喂鱼，你就专心编柳好了。"

白银给姑娘起了个名字叫白柳，她就想起了前几天过来一个叫白莲的姐姐，拉着自己的手说了老半天话。人漂亮，说话又爽快，似乎脾气很合得来。这些天里，她一直有件事难以启齿。刚住到这里的时候，塘里的荷花萌萌地蹿了好多骨朵，尖尖的像一支支蘸了粉红颜色的大毛笔。一晃十多天过去，有的衬着翠绿的叶子半绽了开来。随着荷花的绽放，天气也热了起来，热得人没处躲没处藏的。尽管没干什么活，身上却黏黏粑粑的很不舒服，守着一池碧水，这孤男寡女的，就是没法洗。如果把白莲叫来，跟她说说："让她多约几个女孩一起洗，那不就什么问题也解决了吗？"白柳想到这里，就说："白大哥，我求你一件事吧。"

白银说："莫说一件，就是十件八件，只要我能做到，都成！"

白柳说："你能不能把那个白莲姐姐叫过来，我们说说话？"

白银说："这个好说，我还以为是什么大事呢！"

白莲来后和白柳在屋子里叽叽咕咕地说了一会儿话，出来笑着对白银说晚上要约几个姐妹们过来洗澡。白银明白这是白柳的意思，就很痛快地答应了。

晚上，来了一群叽叽喳喳的女人。白银手里握着一个加长的手电筒对白莲说："你们洗吧，洗好了喊我。"白莲凑到白银耳边说："二哥，你可得老实点儿，不许偷看！"白银说："切，有什么好看的，不就是几条白生生的莲藕泡在池子里吗？"说着向塘外走去。

一群女人在水中欢天喜地的，什么话都敢说。有些话白银听了感到一阵阵的燥热。

荷塘的"夜景"在村子里传了开来，有那么几个不安分的人，心里生出些光怪陆离的邪念，鬼鬼祟祟地踅摸到池塘想一饱眼福，却没等挨上池塘周围那茂密的棉槐屏障，白银的手电光就唰地一道照了过来，照得他睁不开眼睛。那人心里恶狠狠地骂一句该死的罗锅子，只好知难而退了，心里平添了对白银的一份敌意。

白银除了当好警卫，还当了这一档子女人的"后勤部长"。白柳说："白银哥洗发水没有了。"白银就按照白柳说的牌子买来洗发水。白柳说："白银哥，毛巾该换了。"白银就会买来称心如意的毛巾。白柳说："要是洗完澡能有个清水冲冲凉，那该多好啊！"白银就买来一个大塑料桶固定在屋顶上，接上上下水管，安上了雨洒，供白柳们冲澡。白柳说："冲完澡要是有个吹风机吹吹头发，那真是个好事。"白银就去买来大大小小的吹风机。白银看看白柳衣服该换洗了，就悄悄给白莲一些钱，让她们一起到城里买衣服。

时间过得好快，秋天说来就来了。荷塘的夜没有了女人们的喧闹，她们便白日里往这里跑，就像串门子走顺了腿，不知不觉人听了脚的使唤。其实来了塘上也没有什么事，就是找白柳说说话，喳咕喳咕化妆品、时尚衣服什么的。这天，细心的白莲发现了一些细微的变化。自从白柳住进看塘屋子，白银就将自己的铺盖搬到了做饭的棚子。不知道什么时候起，棚子里的铺盖不见了，屋子里的小炕上却有了一对摆起来的新枕头。白莲试探着问白银："选个好日子把喜事办了吧。"白银什么话也不说，只是嘿嘿笑。

白银和白柳合了床，在七里河已是公开的秘密。在村人的心目中，白银和白柳就是一对夫妻。

池塘上的事本来就不多，白银疼爱漂亮的白柳，不让她沾一丁点儿粗活。白柳闲来无事，看蜻蜓点水，望云开云合，观鱼儿闲游，瞅麻雀捉对。再之后，白柳便到村内串门，一去就是半天。有时，白柳约上几个要好的姑娘去城里购物，一去就是一天。

年底，白银给白金送了几条潍河鲤鱼过年，临走白金送到大门口，不轻不沉地撂了句话，说这段时间白柳在村子里怪活跃的，男人们看她的眼神都带着钩子，还有的说一些不清不白的话。白银被大哥说得心里一阵阵发紧，表面上却装得满不在乎，说："甭听那些屁话，吃不着葡萄说葡萄酸，白柳不是那种人。"

转过年头，白柳对白银说："咱在鱼塘上建个垂钓场吧，现在就是要赚那些开着好车找乐子的人的钱。"白银觉得有道理，便雇了施工队对两个鱼塘的周边进行了铺装，购置了遮阳伞等一应物件。大路口设置了垂钓场的大幅广告牌。池塘外拓出了一个停放几十辆车的停车场。

垂钓场一开张，就一下子涌来了好多垂钓者。他们有的开着豪华轿车，有的开着普通越野，还有的骑着自行车；有的戴墨镜遮阳帽，有的剃光头脖子上圈着金链子，也有的前呼后应领着一档子人；有的用海竿，有的用手竿，还有的用锚竿。池塘上一下子热闹了起来。白柳就像一只蝴蝶，在钓鱼者中间飞来飞去。白银发现，那些垂钓的男人看白柳的眼神就真的带着钩子。一次，白银喝了点儿酒，气哼哼地跟白柳说："那些捞鱼匠（白银对垂钓者的称呼）没一个好东西！"白柳说："哪个惹着你了？"白银说："他们惹我干啥？我是说，那些人看你的眼神，直勾勾的！"白柳咯咯笑了，说："我还能被他们勾走了不成？要走，不早就走了吗？你也没拦我呀！"白银想，也是，揪起来的心也就放了下来。

村里有些闲人听说了池塘上的光景，便过来看热闹。他们回到村里再添枝加叶地描绘一番，听的人有的羡慕，有的摇头，也有的叹气。白银、白柳、池塘成了七里河人茶余饭后谈论的焦点。

这天午后，白金到了池塘，对坐在马扎上抽烟的白银说："你们在池塘搞了这么大的动静，和支书说过吗？"

白银看到白金虎着脸，心里就咯噔一下，思忖了一会儿说："村里还反响很大？支书有些说法？"

白金说："支书倒没说什么，村里人的说法倒很闹腾。有的说，当年可怜你是个残疾人，承包鱼塘的时候没和你争，让你白白捡了个大便宜，赚得盆满罐满。现在又搞垂钓场，那就是饽饽往肉汤里滚。也有的说，白柳那么漂亮的一个年轻姑娘，怎么会看上一个年龄又大又有残疾的男人呢？人家是瞅着你的钱包来的，是冲着你这几个池塘来的，搞垂钓场是白柳的主意吧？你也不想想，这么长时间了，为什么肚子里老是没有动静呢？肚子里要是不怀上你的个种，生下个崽子，那就很难说死心塌地跟着你。还有啊，一帮子大姑娘小媳妇的在池塘里洗澡，洗得屁欢屁欢的。建了这垂钓场，这帮人捞不着洗澡了，还老鼻子意见呢！"

白银说："现在这人怎么了，怎么就见不得人好呢？"

白金看到白银不服气，站起来说："我不说多了，你自己多长个心眼吧！"说完了头也没回，黑着脸走了。白银跟着哥哥走出屋门，呆呆地目送他直到看不见影子。几只麻雀"喊喊喊"吵闹着一窝蜂飞过头顶，白银方才想起应当回屋子了。

之后，白柳每到村里串门，时间稍长一点儿，白银就会找到门上。白银不允许她单独到城里购物，审问白柳交往的每一个男人。一天，白柳约好白莲搭一辆常来垂钓的老板的车，到城里买服装。老板是个持重和善而又好开玩笑的中年汉子，白银和白柳都对这人印象不错。白莲的孩子突然病了需要照顾，不能一起去城里。那老板说："她不去你去吧！"没想到白银锅着腰挡在白柳面前说："白莲不去，你也不要去。"而白柳呢，上一次和白莲进城，已经看好一件黑色连衣裙，由于钱不够，已和卖衣店老板说好今天去取。便对白银说："我已和人家约好了今天去的。"白银黑着脸说："是和哪个约好了？"白柳听出了问话里面的另一层意思，便生气地说："我就是和人家约好了，反正今天我要去。"于是，白柳就往车上走，白银就阻挠，两个人在车门口推推搡搡了好一阵子。还是钓鱼老板给打了圆场，说："不要紧的，等那位妹子的孩子病好了再去吧，衣服有的是。"白柳抹着泪回到了屋里。

吵架之后，白柳似乎懂了很多事。没事就在小屋子里出神，没事就在荷塘边观花，没事就在树下乘凉，没事就看天上白云游走。

这是一个初秋的清晨，白银睁开眼睛，身边不见了白柳。等了好长时间也不见回来，便穿了衣服到外面看。太阳挂在东边远树上，笼着一层薄薄的青雾，红阴阴的不发一丝光亮，像一个蒙了灰的陈年灯笼。远处传来灰喜鹊"吓吓吓"的叫声，塘上了无人影。白银跑到村里询问白柳常去的每户人家，都说不曾见到。他似乎意识到发生了什么，回到屋里察看。白柳昨晚穿过的衣服、内裤、胸罩都在，衣柜里的衣服一件不少，屋内所有的东西摆放有序，抽屉里钱一分不少。白柳似乎就是一只破茧而出的蝴蝶，飞走了，只留下一个残破的茧壳。

村人得知消息，议论纷纷。

池塘上没了白柳的影子，白银似乎丢了魂儿，做事总是丢三落四的，人也显得有些迟钝。村人见了都泛了异样的眼光，背后里叫他"白痴"。

垂钓的人越来越少，不到一月几乎门可罗雀。白金知道白银再无心经营，便在池塘入口处写上了一面牌子：关门谢客。

喇叭筒自从白柳住到了看塘屋子，觉得矮了白银半截，便没有再来跟白银闲扯淡。白柳走了，喇叭筒又成了看塘屋子的常客，只是觉得白银的话，比以前少多了。

半年之后，七里河人似乎已经忘记了白柳。白柳仿佛就是平地里刮起的一阵风儿，轻轻地吹过荷塘，荷塘里波光潋滟、花摇叶动、风情万种，那是荷塘最美的时候。风吹过了也就过去了，荷塘自然归于平静。

这天早晨，白银从梦中醒来，穿好衣服，敞开屋门，发现门外一个纸箱。打开一看，里面是一个白白胖胖的女婴。白银一眼看出，孩子眉眼间依稀有着白柳的影子。他抱起来亲了又亲，眼里流出两股泪水。

郭骡子

那是一个秋日的下午，郭水田一身军装，胸前晃着三枚军功章，在咚咚锵锵的欢腾声中回到了七里河。来送的镇干部说，是革命荣誉军人。村人"啧啧"艳羡。那时，父母都已过世，两个姐姐远嫁他乡，郭水田便落得孤身一人。

第二天，郭水田到父母坟前烧了纸，磕了头，盘腿坐着暖暖地说了好长时间的话，没落一滴眼泪。临了，指着一座坟问同去的堂兄："是谁的坟？"堂兄说："你的。平了吧！"郭水田问："我的？"堂哥便说了坟的来历。当年郭水田拱着一推车瓜干赶潍县集，一去半月不见音信，家里人慌了。母亲搋着小脚，去村西头找孙半仙卜了一卦。孙半仙是个盲人，翻着白眼扒拉了半天，叹口气说："犯煞星，别指望了。"母亲的心像被刀子划了一下，滴着血。哭了。门前的老杏树天天地开了十多次，郭水田仍杳无音信。家里人觉得正应了孙瞎汉的卦，从箱子底找出他一身旧衣，在潍河崖上挨着祖坟做了个衣冠冢，逢年过节上坟也都捎带着给烧刀纸，抹几把泪。郭水田听了，摇摇头："战场上不知死过多少回了，这算点儿屁事！留着吧，啥时候眼一闭，腿一蹬就用上了。"

郭水田告诉堂哥，当年他推着车子赶路，走到安丘以南，便下起了灰蒙蒙的大雾。大雾浓稠，一抬头仿佛一道耸立的灰墙，抓一把似乎能攥成一个疙瘩，房子、树木、草垛都影影绰绰印在里面。偶尔几声鸡鸣狗吠，都似乎费了老鼻子劲才从雾中钻进来。他在雾中又走了一段时间，鼻孔已嗅到汶河湿漉漉的水汽，同时也听到了嘈嘈杂杂的脚步声。到了跟前却发现是国民党部队，跑已经来不及了，便被抓了壮丁，人车一起带走。部队开拔到临沂，在一个叫李家崮的村子里做了短暂的训练，就上了前线。战役中被我军俘虏，营长了解到他被抓壮丁没有多久，便征求他的意见。愿意回家马上可以走，愿意参军的就换上军装，成为革命队伍中的一员。郭水田选择了后者。

参加革命后，营长看他身体敦实，像一截黑硬的槐木桩子，就让他扛了营里唯一一挺机枪。郭水田说他扛着机枪参战无数，在他的枪口下，好多敌人命丧黄泉，他也是九死一生。最后在淮海战役中又挂了彩，养好伤，光荣回家。

部队里的事情，都是郭水田自己说的，村里人也没法去求证，但胸前那三枚军功章很晃眼，村人觉得郭水田不是小炎炎儿，肯定顶着天上的哪颗星星。村人是敬重名望的，像郭水田这般来头，有官衔是要称其官名的，郭水田没有。不知谁想起了镇干部来送他说的话，是革命荣誉军人。这人就第一个称呼他为"郭革命荣誉军人"。村人就跟着叫了起来。叫了一段时间，觉得比较拗口，就省去了"革命""军人"四字，尊称为郭荣誉。郭水田也不管是叫他郭革命荣誉军人还是郭荣誉，都不在乎，全都打着哈哈答应，村人也乐意这么叫。

叫归叫，村人有一件事很疑惑。郭荣誉在村子里晃来晃去，不缺鼻子不缺眼，没少胳膊没少腿，全毛全翅的，一等残疾不知道残在什么部件。村里消息灵通人士传言：有的说郭荣誉的小鸟被炮弹皮子打飞了，也有说是小鸟没飞蛋儿打了。还有的说蛋儿也打了鸟也飞了。只是传言，上厕所都是独自一人，谁也没有见过。但村里的老少爷们断定，郭荣誉那个地方肯定是残了。要不，村里很多人给张罗着说亲，把门槛都踏烂了，郭荣誉也不管那丫头片子高矮俊丑黑白胖瘦，看都不看,咧嘴笑笑，一口回绝了。有人就说："你看，这很反常吧？问题肯定出在裤裆里。"

郭荣誉在村人的羡慕、质疑、猜测、议论、叹息中洒脱地生活着。梳分头，嘴里叼着通体红润透亮、布满飞天流云纹理的血柳大烟斗，脚蹬高帮翻毛皮鞋，走路微仰头，迈方步，俨然干部模样。他庄稼活一丝不沾，衣服一尘不染。老杏树下挂一对鸟笼，听画眉百转鸣唱，教八哥咿呀学语；闲暇里坐马扎儿读《三侠五义》《大八义》《小八义》和《忠义水浒传》。每逢集日穿军装，挂勋章，提马扎子，到八里坪大集黏说书场子。说书人支三架鼓，拉着架势，比比画画，说说唱唱。郭荣誉听得入神，出彩处高声叫喊："好——！好——！"一旦听出疏漏偏差，便闯入场内一把掀翻三架鼓，撂下句："说书唱戏劝人方，你这样疏漏偏差的，岂不带坏了后人？"拍拍手走人。到下一个集日，郭荣誉又早早坐于场子，似乎上个集日啥事也没发生。说书人看到郭荣誉又到，看一身行头，知道不是个善茬儿，就抱了拳，到跟前拜师。郭荣誉也抱拳还礼："客气！客气！"

日升日落，花开花谢。郭荣誉的日子周而复始。换了别人，也许就这样有滋有味地哺哑着过，郭荣誉偏偏不甘寂寞。于是，他就凑一些热闹的场合，插手管一些闲事。邻里打架，他去化干戈为玉帛；父子反目，他去平息纷争；兄弟分家，他去主持公道；婆媳拌嘴，他去劝和。时间长了，村人每当遇到这些缠头事，就说："这事儿，找郭荣誉啊！找郭荣誉啊！"

凭这，郭荣誉挣了不少脸面，按说应当知足。可郭荣誉仍觉得无聊，就找到村支书主动请缨了一份"美差"——看坡。看坡，是个得罪人的活，流鼻涕的娃娃都晓得，何况走南闯北的郭荣誉呢？支书估计着他也不会当真，也就是借看坡之便，满坡里转转，给画眉、八哥捕个蚂蚱、逮个虫子的，让鸟儿们吃得欢畅罢了。再者，他看坡，又用不着村里记工分凑粮食。看好了，对自己是个好帮手；看不好，也不会有什么坏影响。这样的好人情凭啥不赚呢？就一口答应了。

没想到，郭荣誉真的看起了坡，还软硬不吃，铁面无私。

过去，村里也有看坡的，都说有三种人最难缠。首先是那些泼皮赖皮。他们偷东西，一旦被捉，不是装死就是耍赖，赖不过去，赃物没收了，工分也罚了。但是这号人往往是过后给你哑巴亏吃。私留地里的蔬菜不知道什么时候就被糟蹋了，院前院后的小树也不知道什么时候就被拦腰砍了。谁干的？你心里明镜儿似的，但没抓着人家的手脖子，只有干生气。其次是那些不要脸的女人。看看将要被捉，就腰带一松，裤子一褪，蹲下装作解手。看坡者往往转过脸去，待回过头来，早跑得不见人影。再就是身强力壮的愣头青。一般情况是要干一架的，如果不能制服对手，擒获赃物，即使被打个头破血流，大队干部也不会管的，只能是干吃亏，没地方说理。

对付前两种人，郭荣誉用脚后跟想想，问题就了了。他不种私留地，院前院后也没栽植树木，赖皮泼皮对他无计可施。那些不要脸的女人就更谈不上了。全村人都知道他没了那套家什，调戏妇女的事怎么着也轮不到他。做贼的女人对他使这招不灵，也只好束手就擒。

只有在愣头青上，翻了个波浪。

村里有几个身强力壮的小伙子对郭荣誉看坡很不服气，老想着犯下点小事儿，和郭荣誉一试身手，没承想让李二栓抢了先。李二栓是个十足的愣头青，长了个粗浑的身架子，一身蛮力气，头脑还一根筋，是个惹事精。他搂着生产队里那头大黑驴的脖子，"嗷嚎"一声，把这大牲畜说放倒就放倒。不过，李二栓和郭荣誉干的这一架，是李二栓自己说的，村人没有亲见。李二栓说："他不是为了偷东西，他就是想惹乎惹乎郭荣誉，让他对自己下手，然后制服他，再扒了他的裤子，看底下那套物件到底缺了什么。所以，就当着郭荣誉的面掰了两个玉米棒子，扒了皮打结搭在肩上，大模大样地往家走。郭荣誉果然上当，两个人在玉米地里搅成一团，折腾得尘土飞扬，一片狼藉。有人说："李二栓，别说些不管用的，那套家什看了没有？少了那个物件？"李二栓只是嘿嘿笑，没有回答。

有人好奇，就到那块玉米地看，玉米秸子倒的倒，歪的歪，断的断，烂的烂，横七竖八的足有三分地。估计没分出个胜负。那些不服气的人，就倒抽一口冷气。

这样一来，他捉到的小偷就形形色色：有老头老太太，也有大姑娘小媳妇；有和他远的，也有和他近的；有村干部的亲戚，也有自己的本家。捉获的赃物更是五花八门：有时是半篮子麦穗，有时是半蛇皮袋子玉米，有时是一篮子地瓜，也有时是或多或少的瓜桃梨枣。不论捉到谁，也不论捉获什么赃物，就一个处理办法——游街。让偷东西的人把赃物挂在胸前或者背在背上，自己打着锣，吆喝着"我叫什么名字，我在什么地方偷了生产队的什么东西，今后不再偷了"等。这样不住地吆喝着，沿着东西、南北大街走三个来回。游街的队伍拖着好长的尾巴，先是起哄的孩子，后是指指点点闹闹嚷嚷的大人，也有的开了大门站在门口看这光光鲜鲜的热闹。

有一次，捉到一个偷苹果的，摘了半化肥袋子，是郭水田没出五服的三叔。郭水田将袋子挂在他三叔的脖子上，打着锣游街示众。他三叔的日子也穷得尿血，穿一条大裆裤子，腚上破了一道口子，露着白白的腚锤子，一走一忽闪。有个调皮的孩子就找了一根棉槐条子戳，一戳屁股一扭，一戳屁股一扭，后面的人就跟着一阵阵地哄笑。事后，三叔就跟郭荣誉翻了脸，见了面话都不说一句。

过去捉到小偷小摸者，都是按照偷得的赃物价值罚工分，那是经济损失。游街就让不少人丢尽了脸面，如果是大小伙子，就不容易找到媳妇；如果是大姑娘，就不好找婆家。所以，在七里河小偷小摸明显少了。不过，郭荣誉也因此得罪了不少人，人们背后就骂他，说他是属骡子的，一辈子人。骂着骂着郭骡子就成了郭水田的外号，并在村子里一下子叫开来，取代了郭荣誉的尊称。郭水田后来也知道了，却满不在乎，照旧看他的坡，拿着偷东西的人照旧游街。并且，对于个别屡教不改的惯犯就动了粗，先是踹一顿翻毛皮鞋，而后再去游街。郭骡子的严厉在村里出了名，可以说是谈郭骡子色变。村里有个经常小偷小摸的吴老四，尝过了郭骡子翻毛皮鞋的厉害。他每当碰到郭骡子，就吓得站住筛糠，尿液随着裤管沥沥拉拉地流下来。

麦收后，生产队里都要选长麦秸掺着山草打好多苫子，用来苫豌豆秧、豆秸、谷秸、麦穰等。三生产队近几天接连被人偷了几个苫子，生产队长向郭骡子求援。郭骡子觉得闲着也是闲着，就想帮帮他。

晚饭后，郭水田在家看了一会儿闲书，约莫着天也不早了，就到了场院。场院内弥漫着麦秸、麦穰、麦糠甜腻腻的霉味。北边是一排房子，窗子里传出看门老头儿破拖拉机爬坡般的鼾声。郭骡子敲敲窗子，鼾声依旧，心想，这样看门连他自己丢了也不会知道。东边一排黑魆魆的草垛，草垛边是存放苫子的地方。苫子一个个挨着墩在地上，像一锅窝窝头。郭骡子敞开一个苫子把自己卷了进去，蹲在里面等那小偷。苫子里很憋闷，郭骡子觉得自己变成了蜗牛、田螺、寄居蟹，苫子就是那外壳。他耐着性子等了一个多时辰，便听到有轻轻的脚步声走来。郭水田断定十有八九是小偷来了，浑身的神经一下子兴奋了起来。

脚步声绕着存苫子场地走了一圈，便在郭骡子藏身的苫子跟前停住了。郭骡子凭经验知道，小偷肯定找最大的偷。自己藏身的这个，因为有个人在里面，肯定比其他的大，郭骡子估计小偷是选中了"自己"。果不其然，小偷就拽着苫子往背上抢，郭骡子一顶，从苫子里脱了出来，一把采住了小偷的衣服。小偷吓了一跳，失声叫了，是个女人。女人看到是郭骡子，扑通跪下了，说："郭荣誉开恩，饶了我吧，别游我的街。"郭骡子一看，原来是村南头孙瘸腿的老婆。孙瘸腿得小儿麻痹症留下了残疾，干活没本事，生娃娃却挺显能耐。一年一个，一连生了五个，还都是清一色的男娃。娃娃们像一窝肉蛋猴猴儿，没有长大，他却肚子里长瘤子死了。女人想再找个男人，男人们愁这一窝肉蛋猴猴儿，都不敢接手。郭骡子听到孙瘸腿老婆求饶，冷冷地说："不中！明天必须游。"女人听了一下子站了起来，恨恨地说："郭骡子，你有能耐，你革命荣誉军人……荣誉得'子孙'都搭上了，这老少爷们的日子咋还过得这么苦呢？！"郭骡子的心揪了一下，隐隐作痛。再看看站在面前的单薄女人，就长长地叹了口气，找了一个大一些的苦子给女人托在背上："你走吧！以后别偷了。"女人说："我不偷东西，就得偷男人。要不，那窝小猴猴儿养不活。"郭骡子心里涌上了一阵酸楚。

第二天，郭骡子放飞了八哥、画眉，踹碎了鸟笼子，烧了《大八义》《小八义》《七侠五义》和《忠义水浒传》，将铺盖搬到孙瘸腿家，娶了孙瘸腿的老婆。

村里人见了郭骡子就调侃说："恭喜！恭喜！没费事没出力的就有了五个崽儿。"郭骡子也不说什么，只是乐呵呵应着。也有些和郭骡子贴己的，说些实在话："凭着悠闲日子不过，这不自己找累吃吗？"郭骡子还是不说什么，只是乐呵呵应着。也有些好事者故意扎郭骡子的伤疤："孙瘸腿老婆的味道咋样？"郭骡子乐呵呵地说："跟你老婆一个味道！"

后来，人们发现郭骡子看坡，肩上多了一杆土枪，枪筒子上时常挂着野兔、山鸡，有时也挂着个野狸子或者獾。偷坡的人却很少捉到了。八里坪大集也还是每集必赶，不过不再去粘说书场子，而是摆摊出售猎获的野味。

过了几年，孙瘸腿的老婆又生了一个小崽子。村里人议论纷纷，莫衷一是。可这小崽子长了几年，就活脱脱一个小郭骡子。村里人觉得大家的头都被骡子踢了。

好多年之后的一个晚上，郭骡子一觉不醒，无疾而终，享年八十九岁。

孩子们遵其嘱，葬衣冠冢，碑刻：郭骡子之墓。

母亲的三轮车

　　母亲在村里有一大帮要好的老太太，但是能够掏心窝子的就那么几个。村南头的三大娘是一个，村东头小河崖上的四婶子是一个，一个胡同的王满仓他娘也是一个。她们三人都和母亲一样，很年轻就没了男人，也都没有再出水，自己祁寒溽暑，三根肠子闲着两根半把几个孩子拉扯大的。

　　大哥在家种植了五亩果园，日子过得算是殷实。大姐在县城局机关工作，我在省城一家公司任职。村里人说起我们姊妹三个都眼里放着羡慕的光芒，咂着舌头啧啧称赞。每当这时母亲脸上全是笑，每一根皱纹里都往外淌着幸福和自豪。

姊妹三个相比，大哥的家境是差的，母亲却愿意住大哥的家。大姐和我都多次要母亲过去住，母亲总是以各种理由推辞了。

一次，我和妻子从省城回来，又给母亲买的衣服。母亲穿上照了镜子，喜滋滋地说："很合身。"然后，脱下来仔细叠好，放进了衣柜里。妻子说："合身就穿着吧！"嫂子在一边说："咱娘还没让她那三个相好的看看，看过了才能穿。"母亲面有不豫之色，说："就你知道得多。"嫂子也不恼，说完捂着嘴只是吃吃地笑。

吃过午饭，坐在母亲屋里说话。母亲说，村南头你三大娘，人家的儿子孝顺，给买了一辆脚蹬三轮车。小河崖上你四婶子的闺女孝顺，也给买上了。王满仓他娘，自己攒了点私房钱，一狠心也去骑回了一辆。言外之意，她们四个相好儿的就她没有三轮车了。

大哥说："买辆三轮车还不容易，那才花几个钱？这就去给你买！"我说："你那么大年纪了还骑什么三轮车？骑着我们也不放心。"嫂子说："就给咱娘买一辆吧，她不骑的时候我也可以骑着上坡赶集的。"我说："要买，我去买，我工资高啊。"

之后，我就到镇上买回了一辆三轮车。母亲围着三轮车转了几圈，轻轻地抚摸着，那眼神就像看到我刚出生的儿子一般。我把三轮车的座子调好高度，让母亲骑上去试了试。这一天母亲吃的饭、说的话都比往常日子多，从来不沾酒的她竟然还破天荒地喝了小半盅。

　　后来，我再回到老家，就后悔给母亲买了这辆三轮车。

　　因为每每回家，十之八九在家里见不到母亲。问到哪里去了，嫂子回答，骑着三轮车到坡里去了。她回来的时候，车上总是满满的。春天是新鲜的野菜，夏天是碧绿的青草，秋天是金黄黄的树叶，冬天是枝枝丫丫的干柴。我看后就对大哥和大嫂说："以后不要让咱娘上坡了，家里也不缺这点东西。"大哥说："劝了，就是不听，就随她的意吧。"

　　去年腊月的一天，天冷得像一把把冰刀，刮在人脸上生疼。我和妻子顺便从县城接了大姐回家看母亲。到家已是十点多了，却不见母亲。嫂子说又到坡里去了。我说："这么冷，她还往外跑。"嫂子说："没治，谁劝也劝不住。"我便到门外等。

　　过了好一会儿，远远看见母亲搭着一车干柴从南边吃力地骑了过来，灰白的头发在寒风中像一把干透了的玉米缨子，胡乱地随风飘着，脸冻得有些紫白，鼻孔内流出了清清的鼻涕。我心里一颤，跑过去把母亲抱下三轮车，骑上去回了家。

看着母亲紫白的脸好久没有暖和过来，就朝大哥流露出了不满，大哥却瞪着眼对我说："咱娘那脾气，谁能劝得了？"母亲听了快说："不怨你哥，是我闲不住。"

我想了想，最好的办法还是要母亲到省城去，她也就不会上坡下地的了，就说："把咱娘接到省城去吧。"母亲听了竟一口说不去一百个不去，说："大老远的，去了想回来都难。我还听小河崖上你四婶子说，那地方是全国的四大'蒸笼'，夏天就能把人蒸熟了。"我说："不是四大'蒸笼'，是四大'火炉'。"母亲说："那火炉不比蒸笼更厉害啊，烤死比蒸死更难受。"我说："也没有那么厉害，不是还有空调吗！"母亲说："我吹空调就腿痛。还有啊，你那里都是困床，摇摇晃晃的不实落，怎么也比不上家里的炕好，睡着踏实，烧一把草就热到炕腔，暖和一晚上。在这里有你三大娘，满仓他娘，和小河崖上你四婶子陪着我说说话。去你那里，都去上班了，没个说话的还不把我憋死闷死？我不去就是不去！"

坐在一边的大姐见母亲是铁了心不去我家，就说："娘啊，你不去我弟弟家，就去我家吧。我家里也支着炕，离咱庄也不远，只有四十里地。家里有车，二十分钟噌就回来了。你啥时想你这几个老相好儿，回来聚几天也可以。"母亲想了想，看了看都在气头上的我和大哥，最后就答应到城里姐姐的家。但是有一个条件，就是必须把三轮车一起带到城里。

母亲临走，把大哥家的米罐、面罐、咸菜缸、草垛、柴堆看了个遍，然后拾掇了一小包袱针线，临上车又咬着大哥的耳朵说了几句话。大哥说："你就甭操那些心了，我这么大了还不知道过日子了。"母亲说："你啥时候不用我操心就好了。"大哥小声对我说："咱娘是怕你嫂子把东西弄到村西头她娘家去，叫我好好地注意着点，还嘱咐我明天一定把三轮车给送到城里。"我苦笑着摇了摇头。

第二天一大早，大哥就用机动三轮车拉着脚蹬三轮车送到了大姐家。我说："又不是等着急用，你这么早来咋？"大哥说："这三轮车是咱娘心上的物件，来晚了就挂挂得要命。今天果园里还要剪枝，就赶早送过来了。"

母亲吃了饭就骑着三轮车在小区里转悠开了。

到了年底，大姐来电话说，大哥把母亲接回家过年去了。我说："让咱娘在城里过还不行吗？"大姐说："咱娘愿意回老家，她说，在城里过年不蒸饽饽，不摊煎饼，不做年糕，不贴大红对联，没有年味，在老家才是正事。没办法，我只好用车拉着咱娘，咱大哥拉着三轮车一起回了家。"我说："那辆三轮车是不是就不用拉回去了？""咱哥说，咱娘拿着这三轮车比对强强都亲。回家后，咱娘就骑着三轮车到村南头三大娘、小河崖上四婶子和满仓娘家串了一圈门儿。"

不过，过了正月十五，大姐费了好大的劲把母亲和她的三轮车又接回了城里。

过了些天，大姐打电话过来，说："咱娘过来带了一包袱针线，昨天都干完了，说是有些想大哥家的强强和姗姗了，还有些想她那几个老相好的，嘟囔着要回去呢。"我说："坚决不能让她回去。回去肯定又跑到坡里去了。这么大年纪了，还骑着个破三轮车满坡里跑，万一有个闪失，后悔就来不及了。"大姐说："你就放心吧，我绝对不让她回去。"我说："有个事正好和你说说，公司让我出国学习半年，这期间你就多照顾咱娘吧。"大姐说："放心好了。"

有次，我从国外打回电话，大姐说："你专心学习就好。咱娘身体很好。就是闲不住，谁劝也不听，你回来以后也劝劝她。"我说："身体好就好。"

记得出国时飘着春雪，回来时却是满眼郁郁葱葱的了。我挂念着母亲，回来没几天，就和妻子到了大姐的家。提着从国外捎回来的大包小包的东西敲开大姐的门，满以为能看到母亲精神矍铄地坐在沙发上，或者在忙活着什么，却不见母亲的踪影。问大姐，大姐一脸的怨气说："你到小区里去找找吧，真拿她没办法！"我说："还是四处转？"大姐说："光转还好呢，是骑着她那辆破三轮车捡破烂呢。我见了邻居,脸都没地方搁。"我什么也没说,就下了楼。

我在小区里走着,目光在四处搜寻。找完了小区主路,又找支路。这时迎面碰到一高一矮,两个五十多岁的女人,高的说:"听说这老太太的儿女混得都很好,有当干部的,有当老板的,是不是都不孝顺,她只好出来捡破烂儿?想想也怪可怜的。"矮的说:"有的人花几万块钱买只狗当爷娘伺候着,买狗粮、狗衣,给狗洗澡、理发。在爷娘身上却舍不得花一分钱。"

她们说的肯定是母亲,也由此判断母亲可能就在附近。我感到脸上热辣辣的。

转过小路,来到一栋楼前,正冲着楼角并排放着四个垃圾箱,母亲就在那里。车斗内有序地放着一些破纸箱、酒瓶子、矿泉水瓶子等捡来的杂物。母亲穿着一件红白相间的格子布做成的没及膝盖的大褂子,手臂上套着蓝色的套袖,左手扳着垃圾箱沿儿,右手拿着一只小二齿钩,全神贯注地在扒拉着垃圾。我心里又痛又气又羞,快步过去,拉开了趴在垃圾箱上的母亲。母亲抬头看见是我,一下子呆了。待回过神来,像一个做错了事的孩子,两手不知往哪里放,低着头不敢看我的眼睛。

回到大姐家,母亲坐在沙发上,低着头,不停地用右手指甲抠着左手指甲。我则说不出一句话。

大姐从厨房里出来，一副无奈的口气说："咱娘就是闲不住。天露明就起来，把家里的空花生油桶一个一个装满水，然后吧嗒吧嗒地提到楼下，装上三轮车，就骑着出去了；一去就是一早晨，我们等着她吃早饭，饭凉了也不见她回来。好歹等着回来吃了饭，又骑上三轮车去围着小区捡破烂。你看看，家里什么都不缺，何苦呢？你看人家对门王老太，比咱娘还大三岁，早晨起来出去打打太极，晚上到广场跳跳老年舞。我和咱娘说，她说打太极比比画画的就像中了什么魔怔：在广场上，伸腿拉胳膊，大腔扭来扭去，臊煞人。还有，再往后，少和别人套近乎。那一天，人家楼上的小媳妇抱着孩子，咱娘见了，就直夸奖人家孩子好，夸着夸着就从口袋里摸出了两块糖，硬塞给孩子。人家不要，咱娘就硬给。小媳妇瞒不过面子就让孩子接了，可是走不了多远，就从孩子手里抠出来扔了。你以为还是我们小的时候，馋糖馋得眼里流血？现在都不让孩子多吃糖。"

母亲怯生生地看看姐姐，再看看我，小声嘟囔道："以后我不拾破烂了就是了……"

这天中午，母亲好像没有吃多少饭，一直闷闷的。我心里也有一种莫名的痛楚。临走，我对大姐说："你就把咱娘的三轮车给锁了吧，省得她再到处跑。"

过了一周，我又打回电话。大姐说："咱娘几次到楼下看过她的三轮车，见我上了锁，也就死了心了。早晨起来，只好提着两个花生油桶到南边的拆迁地去浇她种的那几棵菜。然后就老是坐在那里发呆。"我说："可能过一段时间就会好的。"

又过了三个月，大姐突然打电话来，说："咱娘病了，住了院。"我问："什么病？"大姐说："没有确诊。现在的症状是高烧，肚子痛，好像挺严重的。"我便向老总请了假，急急地赶了过去。

来到病房，正赶上母亲的三个老相好儿从老家过来探病，我一一打了招呼。

母亲已是糊涂得不能够认人了。大姐过去，她直呼大孙女姗姗的名字，见了大哥就唤强强的名字。我伏在母亲的脸上喊她，她看了我好一会儿，就叫了一声我的名字，声音很微弱。一屋的人都一脸的惊奇。母亲喊过我的名字后，眼睛直直地盯着双手，做着穿针掠线的动作。过了一会儿，嘴里嘟囔着，说是找菜刀菜板做饭给孙子吃。又要找她的三轮车，说是她种的菜旱了，去浇浇水；又说，得到果园去看看，大哥是个大手大脚的人，不过日子，剪下的果树枝子肯定还没拉回家。我们都一边听一边抹眼泪。

母亲说完便闭了眼，好像睡着了，喃喃地说："三嫂子，我想借你的三轮车用用，拉点水去把菜浇浇。"三大娘听了就捂着嘴呜呜地哭着走出了病房。我也跟着走了出来，想安慰她老人家几句。没等说话，她却握住我的手，说："二侄子，我有句话说了你别嫌弃。"我说："三大娘你有什么话直说好了。"她说："我知道你们这些孩子都孝顺，但是能够知道你娘心的还是你大哥和你嫂子。他们都顺着她，顺就好。"我惭愧地流着泪点了点头。

母亲就这样糊涂了四天。第五天的上午，她忽然睁开眼认识了所有的人，对大嫂说："给我打盆水洗洗脸吧。"大嫂打了半盆凉水又掺了一些热水，端到了母亲面前。母亲想挣扎着爬起来，却终于没有爬起来。大嫂就泡了泡毛巾，给母亲擦了擦脸，梳了梳头。我内心里忽然产生了深深的歉疚。大嫂给梳完头，母亲拉着我和大姐的手，声若游丝："你们都是孝顺孩子，娘都知道。娘老了，心里犯糊涂。有些事做得不好，对不住你们。现在还有一事放心不下，就是咱小区南边拆迁地的偏坡上，我种的茄子、西红柿、辣椒，还有几棵南瓜……"母亲顿了一会儿，无力地摇了摇大姐的手说："你去浇浇吧。挨饿的时候那些菜掺上点粮食能吃一两个月呢。"大姐点了点头，两行清泪流了下来。

母亲闭了眼，腹腔中排出了一口长气。手没了脉搏，渐渐变凉。

送走了母亲，我和大姐天不亮就起身，把十几个空花生油桶装满水，提到母亲的三轮车上。走过了一个红绿灯，来到一片用围挡圈着的拆迁空地。地的斜坡上是母亲种植的西红柿、茄子、辣椒，还有南瓜。我和大姐逐棵逐棵，很小心地把水浇了上去。

🏠 小镇名吃

和兴镇是块风水宝地，三县交界，一面向海，夜间一声咳嗽，引起三县狗吠，白天一件趣事，传遍三县百姓，素有"海岱通衢"之誉。因了这特殊位置，和兴大集就格外兴隆。每逢集日，山货海鲜，时令蔬菜，花鸟虫鱼，粮食布匹，潮涌而来，把个玲珑小镇挤塞得风雨不透。

和兴镇有一条南北大街，街的西面有一家远近闻名的狗肉铺子。这家狗肉铺子铺面并不显眼：三间不高的青砖红瓦房，房前摆了十多张用青石板做成的矮桌，门右首杉木杆子上挑着一面黄底黑字的幌子，上书"林家狗肉"四个大字。掌柜的是个红脸汉子，因在五服兄弟中排行老大，就都称他林老大。

"林家狗肉"闻名在它的味道上。据说，大锅里的老汤是延续了几十年的，加上佐料，肉和汤到了嘴里鲜美得难以言表。据说，日本鬼子大扫荡时，小镇人都跑到山里避难。林老大啥都舍得，独独舍不得那半锅老汤，把锅揭下来，用麻绳横缠竖绑，和老婆一条扁担抬着，领着儿子越沟跨涧进了山。自此，林家的狗肉铺子更有了名气。"据说"而已，好像谁也没有亲见。不过林家狗肉铺子的汤、肉味道独特确是不争的事实。到和兴赶集的人，但凡腰里有几毛的，不到铺子里吃几块肉喝两碗汤，似乎对不起自己的嘴和肚子。林老大的服务态度极好，不管旧朋新客，全都笑脸相迎。待顾客坐定，便白瓷碗里撕上狗肉，撒上一层白白翠翠的葱片，热锅里舀了老汤当顶一浇，再淋上几滴小磨香油，长筷子搅上几搅，香味便随着热气弥漫开来。好喝酒的，酌上一壶温热的老刀子烧酒，随着肉香抿上一口，火辣辣一直热到肚腹，温暖到全身，飘飘然，不是神仙胜似神仙。

宰狗、煮狗预先从买狗开始。林老大买狗，从不依仗别人，他扛一根捉狗棍子，到村里长长地喊一声，"打——狗——来——"，想卖狗的人家就会应声出来。林老大进门把狗仔细相相，然后就报出一口价，卖就卖，不卖拉倒。大家也都深谙他的脾气，不和他争究，收钱成交。这时，林老大从肩上放下捉狗棍子。将绑在上面的绳子放开，打个撸扣（也叫活扣）套在狗的脖子上，狗就一边哆嗦着身子狂吠，一边用力后退着想挣脱绳索。林老大就将绷紧的绳索一圈一圈往棍子上绕，直绕到棍子戳着狗的脖子，迅速猛力在地上一顶，狗便四肢朝天，除了哀号没有别的能耐了。林老大从口袋里掏出两根麻绳，捆了狗的嘴巴和四肢。棍子插进四肢中间，用力抢到肩上，背着狗走人。狗的主人因不忍看到狗的惨象，一般收到钱后，就躲到屋里不再出来。只有村里的狗跟着狂吠，一直追到村外很远。

几十年杀狗背狗，林老大挺直的腰背逐渐弯曲，紫红的脸膛也被岁月刻上了深深的沟壑，两腿变得弯曲沉重，走起路来也步履蹒跚。

一个冬天集日的晚上，林老大在铺子里忙活了一天，觉得浑身疲乏，就早早睡下了。老伴儿在灯下给林老大缝棉袄。棉袄用的是新表新里新棉花，老伴儿缝得也特别上心。

到棉袄缝完，已是深夜。老伴儿见林老大仰躺在炕上，嘴半张着，呼噜声震得天棚落灰。老伴儿也没惊动他，就挨着他躺下睡了。睡下不久做了一个梦，梦见狗肉铺子前，来了很多陌生人，争先恐后地买狗肉，林老大屈腿弓背，吃力地应酬着。

这时，忽然从外面闯进一个人。黑脸，黑衣，两只毛茸茸的耳朵长在头顶，眼里射着凶光。到了案子前就喊："我要买一千只狗头！"林老大应声一看，脸上就不禁滚下了豆大的汗珠，筛着身子，颤声说："你，你不是来买狗头的。"黑衣人说："你还算是明白！"说罢一挥手，甩出一根绳子套住了林老大的脖子，道："跟我走吧！"老伴儿一见，上前拼命拽着林老大的衣服，大声哭着，哀求黑衣人饶了丈夫。可是怎么用力也用不上，怎么喊也喊不出声。情急之中，一下子从梦中惊醒。醒来的老伴儿破天荒地没有听到林老大的鼾声，晃了晃丈夫，也没有回应。觉得蹊跷爬起来一试，丈夫身体已冰凉僵硬。她抄起刚刚缝好的新棉袄敷在丈夫的身上，连声哭喊："你怎么不穿穿新棉袄就急乎乎地走了呢！你怎么不穿穿新棉袄就急乎乎地走了呢！"

儿子林清泉葬了父亲，接过了铺子。母亲说："泉儿，这狗肉生意不做也罢，我总觉梦中的黑衣人就是狗变的，它索去了你爹的命，你再干这营生，我害怕。"林清泉说："哪有这种事，肯定是白天你想多了，夜间就入了梦。这不过是与父亲的走碰巧了。"

林清泉子承父业，干得比老子高出一节。他把房前的地面用红砖、青砖插花铺成好看的"卍"字纹。铺面内红案、白案拾掇得比林老大时更干净，碗、筷、瓢、勺、生刀、熟刀、花椒、茴香、八角、油、盐各种调料摆放得次序分明，做起活来，各道工序更加规范。他还别出心裁地对狗肉进行了分类：头肉、脖肉、前腿肉、后腿肉、肋扇肉、里脊肉和下货，品质不同，价格相异。这样一分，不仅肉汤的鲜美程度又上了一个层次，而且各取所需，钱花得舒心满意。于是，方圆百里流传开了一句话：到和兴没吃林家狗肉等于没去。

深秋的一天，林清泉一早就离开铺子，冒着萧瑟冷风出去收狗。说也奇怪，他走了十几个村子，喊遍了数十条街，却没有一户应声。太阳离西山还有一竿子高的时候，来到了二十里外的葫芦柄村。他从村后进去，吆喝着到了村前，又从村东吆喝到了村西，看看还是没人出来，正要离开的时候，出来了一位老大娘。她走到林清泉跟前，说："打狗的，你把俺家的狗绑了去吧。"林清泉就跟着老大娘进了她家院子。院子不大，只有三间房子，大门和屋门上都贴着烧纸。西间窗前支着一盘石磨，东间窗前一口压水井，压水井的南边一棵碗口粗的苹果树，苹果树上没了苹果，只有一些褐绿枯灰的叶子在风中摇曳。树底下趴着两只大狗，一只黄的，一只黑的。黄狗体型略小，看上去也瘦。黑狗粗壮肥硕，黑毛在夕阳光辉的映照下闪烁着绸缎般的光泽。两只狗可能闻到了林清泉身上那股特有的气味，就一齐跃起来朝他狂吠。老大娘说："大黄小黑不许嚷嚷。"

两只狗就很不情愿地息了叫声，眼睛惊惧地注视着林清泉。林清泉问老大娘："两只都卖吗？"老大娘说："不是的，俺是一时缺钱，没有法子，才狠着心卖一只，你看中了哪只就绑哪只吧！"林清泉说："那就绑黑的吧。"黑狗像是听明白了林清泉的话似的，发出了一声呜咽的哀号，身子战栗着躲到了黄狗的身后。黄狗回过头去爱抚地用舌头舔着黑狗的头、脖子和全身。舔了好一会儿，竟自己缓缓地走到了林清泉的跟前趴了下去，全身恐惧地颤抖着。老大娘看得真切，眼里哗地流出了泪水，走到林清泉身前把他挡住，抖抖索索地说："十分对不住您，俺不卖了，再缺钱俺也不卖了。"林清泉见好不容易谈妥的买卖，又要泡汤，忙问："咋了大娘？"大娘抻了衣袖抹着眼泪说："这黄狗是黑狗的娘，它想代孩子受死呢。我一下子想起了我那刚刚死去的儿子，老天爷为什么不让我替他死啊！"林清泉听罢，心里猛地一颤，一阵莫名的痛楚涌上了胸口，二话没说，扛起捉狗棍子出了院子。

　　林清泉到家，已是夜间十一点儿多，娘的屋里还亮着灯。她知道，娘一直在等着他。

　　第二天，高高挂在杉木杆上黄底黑字的"林家狗肉"的幌子不见了，只留下杉木杆在秋风里孤独地立在门前。

埋伏在园子里的黑夜

一

郭东方管理园子以来，最让他悔青肠子的事情，就是同意二连襟别光辉重新回到园子。

园子是三连襟季晓峰的，说白了就是个苗圃。百来亩肥地，植了玉兰、海棠、樱花、碧桃等十多种观赏苗木。每年春风一刮，花开满园，红粉黄紫的一片一片，像等待选美的妙龄女郎按衣服的颜色站成了方队，挤挤挨挨，你不让我，我不服你的，暗地里较着劲，摇曳着妖冶的烂漫。

园子初建的时候，季晓峰曾经找过郭东方。他说是亲三分近，用自己的亲戚，放心。那时，郭东方在村里任村民小组长，虽是个不起眼的官儿，但在村子里也算是蛤蟆喝雨水——出头露面的人物。并且，郭东方还有一个雄心勃勃的计划，竞选七里河村村委会副主任。这样一个有着远大理想的村干部苗子，怎么会给自己的连襟管理园子呢？他对三连襟季晓峰说："何不让老二去？"

当时，二连襟别光辉已在家里的沿街东厢房开过一个叫庄户人家的小卖部，维持了没有一年，因经营不善，关门大吉了。他又在这间屋子里施展了他的厨艺，烤过烧肉，做过辣丝子，拌过腐竹、凉皮、杏仁、粉丝子，也煮过花生米，炒过辣酱，丝过豆腐乳，等等，但似乎都没有取得可观的经济效益而全部玩完了。二连襟别光辉整日无事可做，闲得慌，迈着铿锵有力的步子把村内的每一条街道踏得尘土飞扬。经郭东方提醒，三连襟季晓峰觉得二连襟别光辉把这样一种昂扬的精神状态用来压马路，真的有些可惜，便有了些让他管理园子的意思。不过，仍在犹豫着。

郭东方把消息透露给别光辉，别光辉央求老婆找到三姨子给送了十斤小米、三十个玉米煎饼，表达了别光辉想去管理园子的意思。三姨子便对季晓峰不停地游说，仿佛在枕边安了架鼓风机，不用别光辉似乎不足以表达她和她二姐之间的深情厚谊。那天，三个连襟都在岳父家里聚餐，当坐在炕沿上的季晓峰和坐在炕前凳子上的别光辉说让他去打理园子的时候，没想到别光辉从凳子上咚地弹了起来，挺直了胸膛，打了一个不是十分规范但很隆重的敬礼。由于来得过于突然，季晓峰条件反射般地向后趔趄了一下，待看明白了别光辉的动作，季晓峰的脸上透出了些鄙夷也透出了些欣慰，他笑了笑说："二姐夫这也太隆重了，怎么还来军队这一套？"没想到别光辉还没从激动中解脱出来，顺口说："报告首长，是的。"季晓峰笑着点了点头说："坐下吧，二姐夫。"别光辉便一屁股坐在了凳子上，弄得一屋子里的人都笑了。尽管别光辉弄了个笑话，郭东方知道，这个敬礼算是给季晓峰的一个态度，尽管这个态度让人觉得有些生涩坚硬，但从季晓峰微微地点了点头这个动作上看，季晓峰还是满意的。郭东方觉得季晓峰一定在脑海里看到了洒在那百来亩苗木身上的璀璨的阳光，也或许听到了那成方连片的树木抽枝发芽的唑唑之声。

二

　　郭东方记得，季晓峰痛下决心辞掉别光辉，请自己出山管理园子是在腊月中旬的一天。

　　那天上午，郭东方正在院子里给苹果树剪枝。暖冬的太阳散发着懒洋洋的光辉，把硕大的树冠连同他的影子涂了一地，仿佛是铺在地上的一张暗灰色的剪纸。他仰着头，端详着整个树冠，确定那些生长枝的去留。季晓峰推门进来叫道："姐夫，忙着剪树呢？"郭东方回过神来，见是三连襟季晓峰，说："闲着没事，给它剪剪枝。"郭东方把季晓峰让进屋里，忙活着冲水，被季晓峰制止了，说："不喝了，肚子里全是气，胀得都快爆了。"季晓峰一说，郭东方看了看他的脸，确实和往日不一样，很难看。郭东方以为是又和老婆吵架了，因为几年来三姨子老是怀疑季晓峰外面有人，但又没有抓到确凿的证据。为此两个人没少吵。有时候吵厉害了，季晓峰会到家里找到大姨子诉诉苦，让大姐劝劝她这个多疑的妹妹。没想到季晓峰说，是二连襟别光辉的事。

　　从三连襟季晓峰的叙说中，郭东方听明白了事情的来龙去脉。

别光辉接管园子后，刚开始尽管业务不熟，但还是十分认真地去做。这样的光景仅仅维持了一年半的时间。之后的几年里，有些事情似乎是别光辉用脚后跟想出来的。

季晓峰跑到省城购买了一千斤皂角种子，种在地里准备出苗后嫁接金叶皂角。苗子长到一米高，可以移栽了。别光辉领着十几个妇女栽了几天，打电话说栽完了。季晓峰过去一看，发现靠园子的马路沟里横七竖八地躺了半沟枯萎了的皂角小苗。季晓峰找到别光辉一问，别光辉说："皂角苗子满身是刺，比刺猬都厉害，几天下来那帮妇女的手都被扎烂了，她们都不愿意栽了，所以就把苗子扔在公路沟里了。"季晓峰说："二姐夫你怎么能这样呢？皂角种子加上运输费用平均每粒一毛钱，种植前需要用硫酸浸泡，然后催芽，再之后种植，出苗子后浇水、施肥、打药，几个月下来，一棵苗子的成本是多少？你因为几个妇女怕扎手就给扔了，你给扔的可都是钱哪。再者，我种植的苗子是按照预留出来的地种植的，现在闲出来的地种什么？干活的妇女怕扎手，你可以和我说说去买皮手套啊，那不什么问题都解决了吗？十多副手套才几个钱啊？这些妇女说扎手不干了，是你听她们的还是她们听你的？这事咱可下不为例。"别光辉红着脸说："记住了，记住了。"

没过多少日子，别光辉的毛病又犯了。文化路中学要把二十多公分的国槐换成每年春天都是满树红花的红玉兰。校长说："学校没钱，以大换小。我给你二十多公分的槐树，你给我栽上八公分的红玉兰。"季晓峰心里偷着乐。槐树先挪到地里栽着，到时候一棵可以卖一千多块。一棵八公分的玉兰才两百多块钱，划算。别光辉领着八个男工到学校里去挖。大槐树的根扎得很深，挖树的人挖了阵子，只挖了多半个树盘，就嚷嚷着让吊车吊，结果底下的树根没挖断，三十六棵大槐树，吊秃噜了皮的十五棵。季晓峰知道后，气得嗓子眼里都冒火，说罚别光辉两千元钱让他长长记性。晚上二姨子打过电话来哭着说："让她把别光辉的八辈祖宗也骂了，这回他肯定长记性了。至于钱，就别罚了。一年都不到个家，你一个月给他四千块钱，再罚两千，除去吃喝拉撒的还剩几个钱啊。"季晓峰一听似乎大事不妙，这都找开工资了。就说："我也没想真罚他，就是扣了工资，我也会年底再给他补上。二姐，园子里的事，你就不要掺和了，我自有分寸。"

自此之后，别光辉这方面的错误似乎少了很多，但是别光辉又多上了一个习惯，那就是每天不管忙闲，中午晚上两顿饭必须喝上四两小酒。按说这也不是什么大毛病，但是他自从习惯上了喝酒之后，就私自从干活的妇女当中，找了一个叫白梨花的女人给他做饭。那个白梨花看上去四十来岁，长着一双桃花眼，另外还有一张苹果脸。季晓峰每次去园子，就发现她干的活和别人不一样。别人栽树，她在屋子里烧水；别人打药，她在那里磨磨蹭蹭地择菜做饭。有几次季晓峰在午饭的时候过去，还碰见白梨花陪着别光辉喝酒。季晓峰明白，这是别光辉拿着他季晓峰的钱为自己找的"御用厨师"。季晓峰想，一个大老爷们儿，生活上肯定不会自己照顾自己，找个人做做饭，也可以。可是，前天晚上，季晓峰开车从园子外面的马路上经过，忽然心血来潮，就想到园子里看看。他来到园子看见锁着大门，里面屋子一人多高的小后窗透出明亮的灯光，他料定别光辉应当在里面。季晓峰便掏出钥匙开了门进去，窗帘没有拉严，季晓峰趴在缝隙处看见别光辉正把白梨花压在身下快活。季晓峰想，那个白梨花肯定不是白白地让别光辉快活的，肯定有什么交易。季晓峰没有吱声，悄悄地锁了门开着车走了。第二天他去跟别光辉委婉地谈了谈，让他下了课。

今天早晨一大早，二姨子就打过电话来气势汹汹地兴师问罪，说："推下磨来杀驴吃啊！园子帮着建起来了，苗子也长起来了，哪一个树叶子上不都滴过你二姐夫的汗珠子？良心让狗吃了？"季晓峰听着，气得拿着电话的手一直在抖。等二姨子发泄完了，他静了静神说："二姐，你也不用发那么大的火，不让我二姐夫在那里干了，也是为了你好。到时候丢了男人，

143

你能撕巴了我。"挂了电话，季晓峰开车到了园子一看，园子的门大敞开着，屋门也没上锁，里面的铁锹、锄头、电视机、菜刀、菜板、大剪子、手剪子能带走的东西都洗劫一空，就连安在屋顶的电视天线也摘下来摔碎了。可能这样还不解恨，室内刚刚粉刷的雪白的墙面，也用拾掇东西而沾了灰尘的手，给涂了个大花脸。

季晓峰控诉完别光辉的斑斑劣迹，最后对郭东方说："大姐夫，你看看我二姐夫做的这些好事，这还亲戚呢，就是外人也做不出这样的事情来。其实，今天来不是为了诉苦的，而是想请你出山，去接替二姐夫管理园子。"郭东方从心里还是想去园子的，因为竞选了几年村委会副主任都没有成功，他现在对于那份子差事也是心灰意冷了。但他没有马上答应季晓峰。他说："得和村支书打个招呼啊，人家还想让我进班子呢。"实际上村支书从来没有说过类似的话，他之所以这样说，自有他的心思。首先是他想吊一吊三连襟季晓峰的胃口。诸葛亮为了吊刘备的胃口，还弄了个三顾茅庐呢。他郭东方虽然比不了诸葛亮，那孬好也是两千多口人的七里河村的村民小组长。村民小组长在村子里也只有八个，也应当算是凤毛麟角了。二百多个人才出一个呢。怎么能和二连襟别光辉似的，人家一说，就激动得给人家打敬礼。其次是，刚把二连襟炒了鱿鱼，接着大连襟就去了，弄不好还被二连襟怀疑是自己给老三使的坏，自己去抢了人家的美差。这样拿捏一阵子，要让老二家两口子知道，咱郭东方不愿意去，是老三三番五次地请咱去的。再就是郭东方在三个连襟中，毕竟是老大，一下子去给老三打工，脸面上有些挂不住。老三几次地来请，那就是另一回事了。

郭东方打定了主意，就在家里等，他不说去，也不说不去，只推说还没见村支书准话。直到季晓峰又来了两次，郭东方才好像是受了多大委屈似的答应了。

三

郭东方来到园子之后，先到镇上花五块钱买了只黄色的狗崽子养着，狗长大了那可是自己的耳朵。又在地边地角的种上了一架黄瓜、一架扁豆、两行茄子、两行西红柿、一行辣椒。得让三连襟季晓峰看着像个过日子的样子。又经过一些日子的观察，在干活的一干人中物色了个组长，对外说，是自己的助手，在郭东方的心里那就是个把头。每天多给他十块钱，自己就省心多了。当然这些零打碎敲的小事他也没有自作主张，都事先用电话和三连襟季晓峰进行了请示。三连襟季晓峰每次都说：

"这些鸡毛蒜皮的不要问我。"

季晓峰尽管这样说，郭东方还是大小的事请示。郭东方想，要取得三连襟的信任，这样做，必须的。因为他知道，尽管三连襟的年龄只有三十多岁，但这潭水还是挺深的。

不过有件事是个例外，郭东方自作了主张。那是一个初夏，园子里的蔷薇开得烂漫如锦。郭东方领着工人正在打除草剂，出租园子土地村的村主任领着三个戴着红色安全帽的人过来说："要在园子上空拉一条高压线。"郭东方说："这个高压线跑的是天空，我租的是地皮，与我有什么关系？"一个矮胖的像个官样的男人说："怎么没有关系？一个是要在你的地里建三个铁塔，需要占地和毁坏苗子，再就是通知你们在我们划线的范围内不要再栽高于五米的树木了，我们明天就过来画石灰线。至于毁坏的苗子和占用的土地，我们会按政策赔偿，不会让你们吃亏。"那段时间正好季晓峰带着老婆到北欧旅游去了，临走说可能要十多天。郭东方打季晓峰的电话却怎么也打不通，第二天电力公司的人过来撒石灰线了，郭东方又要了几次季晓峰的电话，还是要不通。郭东方一咬牙，独自决定在石灰线以内突击移栽了八百三十七棵五米半高的银杏树。过了两天，电力公司的人过来一看瞎了眼，扯南挂北的用银杏树栽起来一道高高厚厚的墙。电力公司和郭东方几经谈判，又经镇政府从中协调，最后达成协议，郭东方将银杏树挖掉，公司赔偿了三十六万元。

季晓峰从欧洲回来，得到这大好消息，一甩手奖了郭东方三万元。另外还把郭东方请到城里五星级饭店阳春大酒店吃了一顿大餐，饭后带郭东方到洗浴中心洗了澡做了按摩。

自此之后，季晓峰来园子里的次数少多了，有时半月二十天的不来一次。即使来了，也都是嘴里喷着酒气，后面跟着个嗲声嗲气花里胡哨的女人，在院子里转一圈，钻进车里，车屁股一撅，走了。正在干活的工人看了，就会说东道西的好几天。郭东方总是在心里想，瞅个适当的机会，提醒提醒他，注意点影响。但有时话到嘴边了，愣是又咽回去了，一直也没有提。而园子里大大小小的事情季晓峰也不过问，都让郭东方放开手来干。时间长了，郭东方也会把买的茶叶、香烟和改善生活所花的款开成费用，混在其他的一些单子里找季晓峰报销了。

有一次，一个青岛的老客户过来买玉兰，因为都是熟客，彼此都很摸底细，说话很投机。在给树打号子的时候，那客户说："郭老兄，你这人太实在，像你这样为连襟扒心扒肺干事的没有了。常言说，你有我有都不如自己有，老婆汉子还隔着只手呢。钱装进连襟的包里，你捞不着花。我买胸径十三公分的树，你不好说是十一公分的？差价给你也好买包烟抽。"郭东方半推半就地按照那客户说的办了，一下子暗下了一千二百块。郭东方按按上衣口袋，那钱贴在胸脯子上热热的，很硬实。再后来，只要是郭东方熟悉的客户，又觉得口风极严的，他就主动地要求那样去做。他曾经也想过，贪欲这东西，就像这园子里的野草，除掉了，雨水一淋，又冒出来了。也像是黑夜，并不是白天来了，它就走了。其实，它没有走，就埋伏在园子里，时机一旦成熟，它会从每一棵树的后面不声不响地跑出来。更像他和白梨花的偷情，只要有了第一次，就会有第二次，也会有第三次。

郭东方和白梨花的第一次，是在郭东方的口袋里有了小金库的时候。

郭东方接管园子之后，不再用白梨花做饭，她就跟着其他人一起干活。郭东方本想找个理由打发了她，怕留在园子里赚些说法。但看到白梨花干活很卖力，不会偷奸磨滑，也就让她在园子继续干着，觉得人家凭力气赚钱没毛病。白梨花隔三岔五地就给郭东方从家里捎些干粮来，郭东方跟她说了多次，叫她以后不要再带干粮来了。白梨花嘴上答应了，过几天还是往这捎。有时候是油饼，有时候是煎饼，也有时候是火烧。每次白梨花都说，一个人吃不好喝不好的怪可怜。郭东方也曾经给过白梨花钱，说老是吃她捎的干粮过意不去，白梨花每次都是很坚决地不要。郭东方想，等着逢年过节的给她包个红包，不能白吃人家的。有了这样的想法，白梨花再捎干粮来，也就收下了。但是郭东方还是有意地同白梨花保持着一定的距离。那天白梨花又从家里给郭东方捎来单饼，正好郭东方没有吃早饭。他敞开小包袱一看，四张单饼，四个熟鸡蛋。单饼泛着细碎均匀的烙花，鸡蛋还热乎乎的，郭东方便卷着鸡蛋吃起来。白梨花坐在一边看，看着看着就笑了，说郭大哥吃饭真好看，狼吞虎咽的。郭东方一抬头，正看到白梨花一张好看的苹果脸。郭东方没话找话地说："你家里几个孩子？"白梨花说："我哪有孩子啊，我那口子是个病秧子。"白梨花这么一说，郭东方明白了。便对白梨花说："妹子，你晚上过来给我蒸锅馒头吧，也省得老给我往这捎干粮。加班的钱我给你算。"白梨花说："中啊，你只要不嫌弃我蒸的馒头不好吃，吃过晚饭我就过来给你蒸。你可管好大黄，那家伙六亲不认，别让它胡吵吵。"

　　那天晚上白梨花真的来了，给郭东方蒸了馒头，也给郭东方睡了。白梨花临走，郭东方给了五百块钱，白梨花不要，说你把我当成什么了。白梨花走后，郭东方想起来季晓峰说，别光辉睡白梨花，肯定是花了他的钱。看来冤枉了别光辉，也冤枉了白梨花。不过郭东方一直把握着，没有让白梨花在白天给他做饭，他不能落下别光辉那样的口实，并且给了白梨花一把园子东边小便门的钥匙，嘱咐她再来就从那里穿过玉兰树林子进来，怕走大门口被季晓峰撞见。白梨花很听话，每次来都按照郭东方嘱咐的路线走。

四

别光辉这次重新回到园子，是因开出租三轮车撞死了一个捡垃圾的老头。法院判别光辉赔偿十六万八千元，可别光辉砸锅卖铁也拿不出这些钱。拿不出这些钱，就得去坐牢。虽不会把牢底坐穿，起码也要坐个六七年。别光辉和老婆在亲戚朋友中借了一圈，加上家里的一共凑了五万三，离零头还差着一截子呢。两口子商量来商量去，只有一条路，就是厚着脸皮去找三连襟季晓峰借。季晓峰有钱，不要说是十六万八，就是一百六十八万也不在话下。关键是别光辉从园子里走的时候，事情做得有些过分。过后，两家子基本上就不来往了。逢年过节的怕碰到一起，二姨子都是事先打听明白，把到娘家出门的时间和三妹家错开。现在再去借钱，门不大好进。不过不好进也得进，厚着脸皮求妹夫借钱总比坐牢强。二姨子知道季晓峰爱吃煎饼，爱吃萝卜粉条豆腐包。就特意蒸了两小笼，又到镇上买了煎饼，用纸箱子盛了去求季晓峰。季晓峰看了看擦眼抹泪的二姨子说："钱，就找你妹妹行了。我二姐夫你也不要让他胡嘚瑟了，就让他到园子里干活，有东方大姐夫关照着，大家都放心。至于借的这个钱，就从他的工资里扣。"最后，季晓峰意味深长地说："看来我二姐夫和那个园子有缘分啊。"

季晓峰打过电话对郭东方说了别光辉到园子干活的事，并叮嘱不要看连襟的面子，一定和普通人员一样对待。当时郭东方有些犹豫，隐隐觉得有些不合适，但又说不出哪里不合适。再加上是那样一种情况和季晓峰这样一种态度，就没有再说什么。现在来看，当时的犹豫给现在埋下了很多不便的祸根。人无远虑，必有近忧，郭东方觉得这话说得太有道理了。干活，别光辉肯出力，这个没得说。吃喝拉撒的费用他闭口不提，这也是小事。至于卖树的那些猫腻，就不像过去那样方便了，得防着点。不过，这个也还好办，有那样的事情的时候，可以安排他去干别的活，支开他。现在郭东方不能容忍的是，有的时候，别光辉在工人中对郭东方的工作安排评头论足，说什么他在园子里负责的时候，对工人如何如何好。竟然把栽皂角的那烂事也搬出来，言外之意说郭东方对工人太狠。更不能令郭东方容忍的是，他发现别光辉和白梨花眉来眼去的，似乎旧情复燃。郭东方被两个人的目光搅和得心神不宁，就连睡觉，都会梦见他们两个人鬼混在一起。郭东方想，不能这样让他在这里继续搅和，必须想个办法把他从这里弄走。

开春时，春风一起，园子里的树发芽了，冒骨朵了，开花了，唯独那五亩地的花石榴不见动静。郭东方纳闷，在里面一棵一棵仔细观察，发现每棵灰褐色的树干上都有一条纵向的几乎不易觉察的裂缝。郭东方知道，这是去年那场严寒造成的冻害。冻害已经发生了，一个办法是平地全部砍掉，让它重新萌芽。这样一个好处就是不需要再重新购置苗子，重新栽植。但是长起来的苗子都有一个明显的拐节，很难出售。另一个办法就是刨了另栽别的品种。这事告诉了季晓峰，他说："这还要问吗？刨掉好了。刨了栽什么，你说了算。"郭东方得了季晓峰的口谕，计划着过几天安排人刨了它，购买几千棵高干樱花栽上。这些年高干樱花卖得很火。没想到第二天下午，有个人打过电话来要三百棵地径五公分的花石榴。郭东方说："有啊，明天你过来看看苗子吧，来后可以联系一个叫别光辉的人。"并把别光辉电话号码给了他。

郭东方挂了电话，便将别光辉叫过来说："那几亩地的花石榴全部冻死了，后天你带着人把那些花石榴全刨了吧。"别光辉说："不会吧，我怎么没看出来？"郭东方说："不细心看，看不出来。这几天，我家里有事，要回去处理处理。你领着将这个活干完，刨一棵树三毛。你记好数就中。"

第二天别光辉打过电话来说："有个过来看花石榴的。"
郭东方说："三妹夫已经说了，刨掉。至于这买苗子的，怎么办你说了算，反正三妹夫说了，不要了。"过了三天郭东方回来，别光辉找到他说："那个买苗子的没看出冻害来，按照三十块钱一棵卖的，除去挖的费用还剩五千，咱两个人分了吧。"郭东方说："这事我不知道，钱你花就中。"过了几天，别光辉给郭东方搬来了一箱子舜龙泉酒和一条子八喜烟。

这事过去了大约有一个半月，那买花石榴的人找到郭东方说："园子将冻害的苗子卖给了我，现在栽上后全死了。你看看怎么办？"郭东方说："你说是我们园子卖给你的，有证据吗？"那人便拿出了别光辉用一张皱皱巴巴的白纸写的收款条。郭东方说："这样吧，我给你我们老板的电话，你找他看看怎么办吧。"最后，赔了人家八千块钱。季晓峰一生气，将别光辉从园子里赶了出去。

五

季晓峰发现郭东方的猫腻，是在殡葬别光辉后的第三天，

153

冥冥中郭东方觉得似乎是别光辉的阴魂在作怪。

别光辉从园子再次被撵出去之后，为了挣钱打借款，找到了一个橡胶厂磨汽车废轮胎。有的时候连襟三个凑在一起聚个餐，别光辉两只手好像烧炭的，每个指甲缝里都是黑色的橡胶，就连衣服上都有一股刺鼻的橡胶味。他酒也不喝了，烟也不抽了，话也比原来少多了。你不问他，他几乎不会主动地跟你说话，木木的，就像变了一个人似的。郭东方看了，心里曾经有种隐隐的疼和淡淡的惭愧。但又一想，社会就是这样残酷，这怪不得别人，要怪只能怪自己命运不济，心里也就好受一些了。没想到别光辉磨了一年多橡胶，就得了肺癌。没出三个月，走了。那天给别光辉奔丧的时候，郭东方曾经想，如果不把别光辉从园子里挤出去，或许不会是这个结果。

奔完丧回到园子，正好有一个熟客过来买地径十二公分的西府海棠。郭东方和他一起打了记号，电话对季晓峰说，有个客户要二百棵十公分的西府海棠，上车价每棵二百六。季晓峰说，卖。

第三天挖树的时候，郭东方正在指挥着工人装车，看到季晓峰过来，打了声招呼，问："有什么事？"季晓峰说："没事。在家里闲着忽然想起二姐夫来，心里挺难受的，想过来说说话。你这么忙，算了。"说完就往外走。郭东方因为脱不开身，也没有送。

过了些日子，那个客户又过来买美人梅，和郭东方聊起来，说买西府海棠的那天，在园子门口碰见一个人，白白胖胖的，好像是有些来头。那人递了根中华烟给他，说了会儿话，问了购买苗子的用途、规格和价格。说完开着车走了。郭东方心里咯噔一下，问："那人是什么车？"客户说："是黑色宝马 X5。"郭东方知道自己暗下了两公分的猫腻，在季晓峰那里穿帮了。郭东方觉得，那天季晓峰不声不响地来到园子，似乎有些神使鬼差，似乎是别光辉的阴魂在作怪。要不，季晓峰怎么会想起了别光辉，心里不好受来找自己谈谈呢？他想和自己谈什么呢？郭东方心里有些后悔，但事情已是没法弥补。他想，自己不能像别光辉那样被动地被炒鱿鱼，干脆向季晓峰提出辞职。如果季晓峰不批准，那说明他原谅了自己的过错，就继续管理园子。如果批准了，自己也是占了主动，对外总还有一些脸面。

吃过晚饭，郭东方给季晓峰打了电话，提出了辞职的要求。季晓峰果真批准了，连句挽留的话也没说。郭东方挂了电话，一屁股坐在椅子上，觉得浑身就像散了架一样，没有一点儿力气。他抖抖索索地摸出烟，抽出一支点上，有一搭没一搭地抽着。灰白的烟雾从他的嘴巴和鼻孔里喷出来，在他眼前缠绕着，飘荡着，久久不肯散去。他想起了在别光辉微笑着的遗像前，摆放的瓦盆里焚烧纸钱泛起的青烟，也想起了青烟下面跳跃的鲜红的火舌。郭东方想，他和别光辉不一样，别光辉没有给季晓峰带来多少利润，自己风里来雨里去给季晓峰挣来了滚滚财富，没承想到头来也落得这样一个下场。他将吃了半截的香烟从鞋底上摁死，从椅子上站起来，走到墙脚拎起给油锯加油的塑料桶，来到东屋山的柴堆前，轻轻地拧开盖子，慢慢地将汽油倒了上去，然后抽出一根沾了汽油的木柴，用打火机点了火，连同塑料桶一起扔了上去。

郭东方走出园子锁上大门的时候，他看见几条火龙围绕着房子乱窜。房子东边的玉兰树已被点燃，火势在西风的猛烈吹动下，冒着滚滚浓烟，发出哔哔剥剥的声音，向着林子深处迅速蔓延。空气中弥漫着玉兰树新鲜树叶、树枝被烧焦后的呛人的芳香气味。他刚想转身离去，这时听到白梨花在玉兰树林子里哭着高喊："救命啊！救命啊！快救命啊！"

郭东方忽然想起来，今晚上，他是约了她的。

🏠 有些事需要弄清楚

　　母亲临终的那天大雾，仿佛天地间突然变得一片混沌。不知谁家的狗吠，似乎来自遥远的空间。屋内光线暗淡，更增加了压抑悲恸的气氛。大姐二姐以及在外面工作的孩子们都回来了，围在已是昏迷了两天的母亲身边不时发出抽泣之声。大哥把我叫到外间说："我看咱娘挺不过来了，现在村里有专门帮着家人给老人送终的，朱秀就做这事，要不要让她过来帮着照料照料？"我对朱秀总有一些疙疙瘩瘩的感觉，便用怀疑的口气问:"朱秀也能做这事?"大哥说:"做了好多年了,听说还不错。"

其实我们对朱秀都很了解,她是我们一条胡同的邻居,我们家住西边,她家住东边。

记得我上小学四年级的那个春天,朱秀正在和孙祥谈恋爱。我那时虽然年幼,也知道了恋爱是个不错的东西。当时朱秀的父亲是县农具厂的会计,据说会双手同时打算盘,并且两个算盘算出来的数字都准确无误。县里搞工业会计培训,曾经请他去讲过好多次课。那时候有这样一位响当当的爹,家庭条件就比较好。不管是穿衣还是吃饭,我们这些庄户人家都是用艳羡的眼光看。就连给孩子起的名字也透着学问。朱秀家一共姊妹四人,两男两女分别叫了朱山、朱明、朱水、朱秀。山明水秀,特有诗意。我们庄户人家的孩子起名,就没有这么多讲究,不管孩子多少,后面的字既不成趟也不成行,更不会有什么寓意。相比之下她家就高了那么一头。

而孙祥家早早死了娘,孙祥的爹拉扯着一女二子,穷得竖起个巴掌不见阴凉。两家一比,就连傻子也知道肩膀不齐。这样两个青年又是怎么恋在一起的呢?就是因为村里排了《白毛女》,孙祥演了大春,朱秀演了喜儿。演着演着,村里就传出了两个人约会的事。

朱秀的父亲知道了，从城里回来和朱秀严肃而又神秘地谈了几次话，朱秀一生气就跑到孙祥家里住了下来。她的父亲是个大白暄胖子，本身就有严重的高血压，一生气，吐了几口黑血，一命呜呼了。临死的时候嘱咐惊慌失措的大儿子朱山说："你是这个家里的长子，你要保证做到这个家里的人和朱秀老死不相往来。"朱山点了点头。

殡葬父亲的那天，朱秀也回去了。满院子都晃荡着白，朱秀穿着绿军装褂子，学生蓝裤子往屋子里走，就仿佛是一群白羊里混进了一只杂毛的狗，很有些格格不入。朱秀径直走到父亲的棺材前跪下磕头，她的大哥朱山见了二话没说，穿着白大褂子的身影闪了一道白光，从墙根下抄起一根擀面杖，抡得呼呼生风朝着朱秀头上挥去。幸亏朱秀的三叔眼疾手快，一伸胳膊挡了起来，那擀面杖在三叔的胳膊上一断两截。朱山瞪着布满血丝的牛眼继续寻找凶器，被三叔死死地拦腰抱住，朝着朱秀骂道："你还跪在那里等死啊，还不快滚！"朱秀似乎没有看见哥哥朱山抡起的擀面杖，也没有听见三叔的叫骂，不慌不忙地给父亲磕了三个响头，然后站起来冷眼看了看朱山，大步地走出了院子。

端午后，朱秀和孙祥举行了结婚仪式。因为娘家不让她回家，朱秀就借了我们的家出的嫁。她娘家人一个没到，当然更没有娘家陪送的嫁妆。整个婚礼的场面十分冷清。冷清的场面似乎没有影响朱秀的心情，孙祥揭开她的大红盖头，露出来的是一张灿烂的笑脸。

正月初二，朱秀和孙祥装了满满一八升篓子点了红点的大白面馎馎，用大花包袱盖了出新年门。娘家早有准备，大门关得严丝合缝任你连喊带叫、指扣拳擂就是不开。最后，朱秀搭了孙祥的肩，将用自己的围巾拴了把的篓子，像往井里放水桶一样放到了院内。她刚从孙祥的肩上下来，那盛了大馎馎的篓子像一只花背白肚的大鸟，拖着那根被风扯得像只尾巴似的围巾，越过墙头飞了出来，咕咚一声落在东西大街上。雪白的大馎馎挣脱大花包袱的束缚，骨碌碌滚出来，沾了满身的灰土躺在泥路上，像一群东倒西歪的大蘑菇。街上的人驻足观看，孙祥提了篓子慌忙往里拾。朱秀小跑着一脚一个全部踩得像一摊摊蒙了雪的牛屎。孙祥看了心痛地说："朱秀，朱秀，你这是咋？剥剥皮还能吃。"朱秀不屑地看了孙祥一眼说："你还吃你娘的那个屁。"把孙祥独自晾在那里走了。

从此，朱秀发誓再也不回娘家。

朱秀不回娘家，闲暇里就往我们家里跑。缝衣绣花做鞋子，面食煮粥摊煎饼，炒菜煎鱼腌咸菜，哪样不会就过来请教母亲。油盐酱醋茶米面，哪样没有了就过来借。孩生日娘满月老人过寿娶亲随礼，哪个不明白了就过来问。朱秀常说，她丢了一个同村的娘家，却捡了一个一条胡同的更近的娘家。

大哥提出来让朱秀过来帮着照料照料，是出于给老人送终的事在农村有好多讲究，这些讲究我们都不太明白。有些讲究我是不信的，但是村里人信，大哥嫂子信。我想还是入乡随俗的好。

我和大哥正在商量，没想到朱秀带着一身雾气竟然进了屋子。看到我和大哥正在说话，朱秀说："大叔二叔，我过来看看大奶奶。"我俩和她一起来到里屋，朱秀脱了鞋爬到炕上，盘腿坐在了母亲面前。她轻轻将手按在母亲手腕寸口试了一会儿脉搏，又扒开眼睛看了看说："大限到了。"朱秀将一卷卫生纸展开，来回折叠做成了厚厚的尿布模样，将手伸进被子里，垫在了母亲的屁股下面，然后对嫂子说："大婶子，你去把大奶奶的寿衣找过来吧，我和大奶奶拉拉呱。"

朱秀趴在母亲的面前轻轻地握着她的手说："大奶奶，咱们娘俩掏掏心窝儿。朱秀从二十跑到老孙家来跟您做邻居，说是邻居，实际上就是当成了娘家。您老人家脾气好，为人敞亮，来麻烦啥事您也不嫌弃。您的针线在村里出名挂号，缝的衣服从来不露针脚，绣的花儿活枝鲜叶都能引来蜜蜂，绣的蝴蝶闪着迷人的光斑，似乎一旦风吹草动就能飞逃。我不会做针线，您就手把手教，我手笨，教好几遍也不会，您还是耐着性子一遍一遍地教，直到教会为止。您老人家会持家过日子，不管收成孬好，大瓮里都是陈粮接着新粮。就连烧火做饭，大婶子为了图省事，往锅底下多填了几根柴火，您看见了都会逼着大婶子抽出来。您家吃顿水饺，都是包细面和粗面的两种。细面的喂孩子，粗面的大人吃。朱秀在娘家是个惯孩子，被父母娇惯得不会过日子，由着性子来。收了小麦就翻着花样吃小麦，今天吃饺子，明天吃面条，后天烙油饼，大后天包包子。村子里来了卖鱼的就取了小麦换鱼，来了卖瓜的就用小麦换瓜，直到把点小麦折腾完算完。那一段时间倒把家人喂得一个个像气吹的，贼胖。家里没什么东西了就过来找您借。小一点儿的，像一根葱一把菜的，几乎是有借无还。大一点儿的，像借碗面，借瓢米，您都给盛得冒尖。我还给您的往往是平平的。借袋子瓜干，您借给我的是挑出来的又大又白的瓜干，我还回来的往往是里面掺了头头巴巴，明眼人一看就不是一回事儿。您知道朱秀赚了您的小便宜，可您总是不和俺一般见识。"

朱秀对母亲说到借东西，我就想起了她向我借钱的事。

那晚闷热，仿佛要把人蒸成果脯肉干。朱秀骑着自行车从七里河村来到朱城三中家属院的时候，已是夜间十点多了。那时我家院门早已关了。因为燥热难耐，我脱得只剩了内裤。老婆矜持，身上穿的还算蔽体。两人对着风扇吹，也还是各自流了一身腻腻歪歪的臭汗，在日光灯的映照下，颇有些涂了橄榄油的视觉。电视里正播高台跳水的节目，运动员清脆的入水声泛起，惊叹声、欢呼声、掌声、解说声如同啪地打开了一听啤酒的细碎泡沫，争先恐后地蹿出来，黏住了我们的耳膜。朱秀敲了半天大门我们谁也没有听见，她便转到后窗户在那里喊了好多声二叔。我和老婆听了好长时间，终于辨别出是朱秀的声音。我对老婆说："你去开门吧。"我指指自己的"玉体"，示意要穿衣服。

老婆无好气地说："这大热天的，又这么晚了，来咋？死了人也用不着这么急啊！"嘟囔着便去开门。

我穿上衣服，坐在沙发上猜朱秀的来意。

从大学毕业到结婚生子，再从老家搬到朱城三中家属院居住也有十几年了，除了回老家到大哥家看望母亲，碰巧了能够见着朱秀几面，同她寒暄几句，平日里并不大打什么交道。只是前几年，她为二儿子二强的事来找过我。

二强在学校里伙同几个小哥们儿把一个男生打了。打得并不严重，关键是手段恶劣。他们在宿舍里把那个男生扒光了衣服轮着扇耳刮子，并进行了百般羞辱。校长很恼火，准备开除他。她过来找我让我向校长讲情。她说他们家大强没出息，上完初中就下了庄户地，现在就指望着二强了。以我对二强的了解，这个孩子也不是学习的料，如果不出这档子事，也就只能混个高中文凭，何况又出了这么严重的事情。就对她说："这事确实没法帮。"没想到她就扑通给我跪下了，说："二叔，你领着我去给校长磕头也中。"可怜天下父母心啊，我只好领她去。校长说："一个学校两千多个孩子，都这样学校那还成学校了？谁还敢把孩子送到这里学习啊？这事必须严肃处理。"她就真的给校长跪下磕头。校长把她扶起来，没跟她说什么，却把我劈头盖脸地整了一顿。最后校长说："他也没办法啊，已经上报教育局了，这可不是闹着玩的。"朱秀看到我也十分狼狈，只好流着泪走了。

这事之后我一直担心校长会对自己另眼看待，事实证明我是多虑了。

今天这样一个热死人的天气，又是这么晚了，会是什么事呢？

妻子和朱秀进了屋里，朱秀一屁股坐在了我对面的沙发上，汗水越过枯藤般的抬头纹在汩汩往下流淌，胸前溻了肥肥的两片。因为没戴胸罩，薄薄的半旧汗衫下透出隐约的肉色。妻子给倒了一杯白开水端过去说："喝杯水吧。"朱秀倒很实落，拿了沙发边上的一把蒲扇扇着说："我还是喝杯凉水的好，再喝热水这衣服就成水帘洞了。"我忽然发现朱秀发福了的身体，仿佛是从酸菜缸里捞出来的一棵酸菜，完全没有了当年那种青枝绿叶的新鲜。那时候，她虽不是什么娇艳的花儿，却让人生出一种生吃了她的冲动。

妻子听到朱秀要喝凉水，就从饮水机里倒了一杯端过去，朱秀接了咕咚咕咚牛饮了下去，咂巴咂巴嘴说："还是凉水好，喝了心里爽透。"我说："朱秀，你这么晚了过来，肯定是有什么事，有事你就说吧，邻里邻居的别客气。"朱秀说："二叔，我过来是想借一千块钱用。有人给二强说了个女孩，后天过来过红。媒人说得给人家包个六千块钱的红包。这东借西凑的，就差一千块钱，您无论如何得帮这个急。我手底下一旦宽裕了就还您。"

平日里为了预防有点儿什么特殊的事情，家里都是备着两千块钱。朱秀这么一说，我便叫老婆拿了一千给她。

周日的时候，携妻带子回家看望母亲。中午一家人吃饭，大嫂总是张家长李家短地说村子里发生的一些事。说着说着就说到了朱秀家的二强，昨天又领回一个。染着蓝头发，涂着黑眼圈，抹着红嘴唇，装着长长的假指甲，一看就不是个正经鸟儿。加上这个，最起码也有一打了，别的没能耐，找女人还真有一套。大哥平日里说话不多，今天冷不丁地就冒了一句，你就不看看人家的父母是干啥的？当时那可是咱村里自由恋爱的祖师。一句话逗得满屋子的人都笑了。

我笑过之后忽然想起来，朱秀前些日子过去借钱说是二强过红急用，这怎么又领回一个新的，那也太不那个了。就把借钱的事说了。大哥问："朱秀跟你借钱是什么时候的事？"我说上周三。大哥夹了一筷子菜停在嘴前不往里送，瞪着眼看了我好长时间说："朱秀还给我的钱是从你那里借的？"一屋的人都愣了。我说："这又怎么个说道？"

大哥把菜填到嘴里嚼了嚼咽下去说："前年朱秀向我借了一千块钱，一直没有还。前些日子八大嘴说，朱秀把咱村里日子过得差不多的户，都借遍了。我就把这事拾了心里，过后打听了打听，还就真是那么回事儿。我就找到朱秀说，想把南屋盖起来，钱不够，你紧紧手快把那一千块钱还我。朱秀说，大叔你容我几天工夫。结果上周四一早就还给了我。我知道她家肯定是拿不出这个钱的，没想到她竟然去借你的。这可真是拆了你这东墙补了我这西墙了。"我说："这不大可能吧，她去找我借钱还你的钱？"大哥说："你不知道，她在村内借，谁还敢借给她？这个钱，我看你是要不回来了。"我心里想，如果真的是这样，这朱秀也有些太不像话了。但是，守着一家子人，再者老婆用一种不可捉摸的眼光看着我，只好说："邻里邻居的不至于赖我那么一千块钱。"说完就赶紧转移了话题。不过，老婆还是嘟囔了好长时间。

五年后的一个冬日上午，阴冷，空气似乎冻结。朱秀身穿着一件黑色大袄，头上戴着一顶灰色毛线帽子，脚蹬一双脚尖已经磨得发白了的黑色平底皮鞋，又来到了我家。她从大袄的口袋里掏出了皱皱巴巴的一卷钱，放在茶几子上说："这两年家里净碰到些不顺的事。二强不学好被公安抓去了，判了十几年。大强还算正干，身体又不争气，整天病病歪歪的，都三十好几的人了，连个媳妇也没娶上。这钱就先还你五百。"

她家的事，我回家听说过，也感到朱秀一家实在是太不幸了。所以还钱的事，回家碰到她也从来没提过。朱秀见了我也好像把借钱那档子事全忘了。我曾经好多次地想，借出去的这个钱，肯定没指望了。今天没想到她会过来还钱。就说："你家里事多，肯定花销很大，你待急着还什么呢？"

朱秀经我这么一说，似乎勾起了伤心事，眼里流出了几滴浑浊的泪水。她用手背擦了擦，用祈求的眼光看着我说："二叔，我还你这五百，不过你还得借给我两千，大强还等着这钱去治病呢。"我的头一下子大了，哪有这样还钱的啊？就是脑袋被驴踢了，也不可能再借给她。便说："你看你，既然缺钱那还什么啊？这五百你先花着就是。不过，再借两千我实在拿不出来了。你弟弟上大学每年需要花好多钱。前几天我在城里买了套房子，把所有的钱凑了凑，也不够交首付的，还向别人借了三万呢。"

我对朱秀说的这些话,孩子上大学是真的,至于买房子的事,当然是为了拒绝借给朱秀钱而临时杜撰的。为了快一点儿把朱秀打发走,我站起来把茶几上的那皱皱巴巴的五百块钱拾起来,放到朱秀的手里并且用力按了一下说："这钱你先用着,什么时候宽裕了再还。实在没有,不还也行。现在确实没有钱再借给你,你一定要谅解。"

记得母亲过生日,我喝了点儿酒,不知怎的竟然把朱秀过去还钱又借钱的事当笑话说了。我问大哥："还有这样借钱的吗？"大哥说："你在外面工作村子里的事知道得少。朱秀不管借了谁的钱,她都到人家家里来这么一手。所以债主宁可不要原来的钱,也不肯再新借给她钱。"我心头一惊,问："难道这就是朱秀的智慧？"大哥撇着嘴笑了笑。

朱秀从跟着母亲学做针线饭菜,到向母亲借油盐酱醋茶米面。每当说到高兴处,脸上就浮现着笑容;每说到感动的地方,眼睛就闪烁着泪花。随着朱秀的诉说,我看到母亲脸上的表情逐渐由痛苦而变得平静。

朱秀说完了她和母亲的交往,又说我们家。

她说母亲一个人拉扯着一家人不容易，起早贪黑肚子贴着脊梁过日子，到现在儿孙满堂一大家人。大叔在村子里种果园是一把好手，几亩果园赚的钱顶人家的一大片。虽然也是下的庄户地，大叔的日子却是村里上数的。二叔在中学干教师，桃李满天下，谁提起来谁夸。大姑二姑都在局机关工作，人人羡慕，个个敬重。数来数去，比来比去，全村还就数咱们家。

　　朱秀把我们叙说一遍，我发现母亲的脸由平静而变得安详。最后朱秀对大嫂说："大婶子，你去准备一盆温水吧。"嫂子端过一盆温水。朱秀对母亲说："就让我大姑给你洗洗脸，二姑给你洗洗手，我给你洗洗脚，然后你就干干净净上路吧。也几十年没有见我大爷爷了，去了和他说好好说说话，就说家里一切安好，不用挂念。"朱秀说完，把母亲的眼睛轻轻地捂了一会儿，就听到母亲嗓眼里如笛子鸣了长长的一声，随后从被窝里涌出了一股浑浊浓郁的尿臊和屎臭。我强忍住汹涌澎湃的恶心，眼泪夺眶而出。随即屋内一片哭声。

　　朱秀似乎没有闻到，慢慢从母亲腚下掏出那叠洇了尿黄和黑屎的卫生纸，用湿毛巾给母亲一点一点擦净了屁股，又换了水洗了洗手。朱秀将洗净的手伸进枕巾下面揽住母亲的脖子往上一托，母亲便坐在了朱秀的怀里。母亲顶着稀疏白发的头，隔着枕巾倚在了朱秀的肩上，两条胳膊软绵绵地耷拉在朱秀的腿上。大姐二姐和嫂子给母亲穿好内衣、外衣、袜子、鞋子，最后戴好帽子。朱秀从大哥手里接过早已准备好的几个铜钱让母亲攥在手里，像嘱咐孩子一样跟母亲说："钱给您了，您可攥好喽，千万别丢了。过江过河的时候好用它买船票，路上饿了就买吃的。您老可要记住，穷家富路，千万不要苦着自己。"然后让母亲平躺了下来，又整理了一番衣服，打扮得板板正正，像个出新门的老太太。她给母亲磕了三个头，爬起来捽了捽自己的衣服说："大叔二叔大姑二姑，大奶奶已经走了。九十多了，在我们村已是高寿。瓜熟蒂落，走得安详。应是喜丧了，节哀顺变。我该回家了。"

母亲安详地躺在炕上，仿佛静静地睡了。

我送朱秀到天井里，把早已准备好了的三百块钱给她。朱秀说："二叔，这钱我不要，我就是过来送送大奶奶，我都七十出头了，她一直把我当孩子教着惯着，给钱就见外了。"我看朱秀的态度，也不像谦让的意思，只好把钱收了回来。

送走了朱秀，我忽然发现大雾已基本散尽，太阳露出了圆圆的轮廓，暗暗的像一个变质长了蓝毛的大火烧。门前的老槐树，院内的海棠树，墙头上的野草都顶着一层灰白的雾珠。两扇黑色的大铁门上似乎出了一层细密的汗。我的心里也似乎塞满了湿漉漉的沉重的凉。

大哥端出了半碗糨糊，将两张烧纸贴在了挂着细密汗珠的大门上。

春节前我买了些年货回家看大哥，放下年货从大哥家出来，看见朱秀一手拄着一根不锈钢四脚拐杖，另一只手提着一个鼓鼓囊囊的蛇皮袋子站在我的车边。我早听大哥说过，收玉米的时候，孙祥在村前的公路上被一辆大集装箱车撞死了。大车正好下坡，速度又快，根本刹不住，前边四个轮子从身上碾了一遍，鲜红的血一直流到公路的边缘，在秋阳的映照下触目惊心。收起尸来整个人短了半截，根本就不相信那是孙祥了。朱秀随她父亲，遗传性高血压，一股子火顶上来，鼓破了脑芯子，偏瘫了。我快步走过去想安慰她几句。朱秀看到我含混不清地说："二叔，求你个事中不？"我心里想不会是借钱吧？但嘴里还是客气地说："有啥事你就说吧。"她说："麻烦你送我到我父亲的坟上，我给他烧烧纸，我还从来没给他上过坟呢。"我松了一口气说："好啊，难得你一片孝心。"我替朱秀打开车门，将她扶进车内。

朱秀烧完纸，在父亲的坟前坐了一会儿，我便把她扶起来坐进我的车里往回走。她跟我说，她很后悔当年没有听父亲的话，听了父亲的话，日子或许没有今天过得这么苦。我想了一会儿，觉得没有恰当的话安慰她，便说朱秀你不要想多了，这或许就是命。之后一路无话。

帕萨特拐上了我们的胡同，朱秀突然说："二叔，借你的那一千块钱这么多年了一直没有钱还你。"我说："朱秀你忘了，那钱你还给我了。"为了让她相信，我又加了一句："你还我时还送了一只老母鸡呢。"朱秀顿了一顿有些吃惊地问："怎么会是这样呢？孙祥车祸后人家给了赔偿款，我想有钱了，赶快还你吧。因为腿脚不灵便，就把钱给了你家大叔。他没给你吗？"我心里一颤，八月十五带着烟酒回来看大哥，冬至那天回来给父母上坟，包括这次回来送年货，大哥对于朱秀还钱的事只字未提。我曾经对大哥说过朱秀这钱没指望了，就当丢了算了，不要了。难道大哥就打这个马虎眼，把朱秀这钱昧下了？我在心里骂了一句钱这狗日的东西。但又一想，凭大哥的为人，也或许是他忘了。忙说："你看我这记性，把李红家的还钱的事想成你了，想串了。你大叔……他把钱给我了。嗯，给我了。"

到了门口，我把朱秀扶下车，又嘱咐她说："你大叔把钱给我了，你不要再问了。"朱秀说："二叔，有些事得需要弄清楚，动钱的事，不能马虎。"